溫柔之歌

CHANSON DOUCE

LEÏLA SLIMANI

蕾拉・司利馬尼——著
黃琪雯——譯

給我的兒子 艾米勒

目錄

韋齊小姐從國界的另一端，來到了某太太家照顧幾個小孩。那位太太抱怨著，韋齊小姐根本毫無價值，不但不愛乾淨，還懶懶散散、要死不活的。她無時無刻不在想著：韋齊小姐一定只想過自己的生活，也只想為自己的事情傷神。而這世界上，肯定沒有什麼比韋齊小姐自己的那些事還重要的了。

——《山中故事》，魯德亞德・吉卜林

「先生，您了解嗎？您能了解當一個人已無處可去是什麼意思嗎？」他腦中突然閃過馬美拉多夫前夜問他的這個問題。「因為，所有的人都有地方可去。」

——《罪與罰》，杜斯妥也夫斯基

1

寶寶死了。只需幾秒鐘，醫生就確認了，並且斷定寶寶死前沒有受苦。有人將他放進一個灰色的袋子，拉上了拉鍊。他關節脫臼、身軀扭曲，漂浮在玩具堆當中。救護人員抵達時，小女孩還活著。她曾經像頭野獸般地搏鬥。他們找到了好幾處掙扎打鬥的痕跡。她軟軟的指甲裡也嵌著幾片皮膚。在送到醫院的途中，救護車上的她躁動不安，身體不住地抽搐。她瞪大了雙眼，像是想吸進空氣。她的肺部已經穿孔，而她的頭部曾經猛力撞擊過那個藍色五斗櫃。

有人拍下了命案現場。警察採集指紋，測量著兒童房與浴室的面積。地板上的那張公主地毯蘸滿了鮮血。尿布臺呈現半倒狀態。所有的玩具都收進透明袋子裡，貼上了封條；就連那個藍色五斗櫃也將會是呈堂證物。

孩子的媽媽過於驚嚇、無法言語。消防員是這麼說的；警方是這麼強調的；記者也是這麼描述的。當她進入房間，看見孩子一動也不動地躺著，尖叫了起來。那是深沉的尖叫，是母狼的嚎叫，連牆壁都為之撼動。五月這一天，夜幕即將低垂之時，她嘔吐了。警察發現她的時候就是這般嘔吐過的模樣。衣服溼透的她，蹲在那個房間裡，發狂般地抽噎著，撕心裂肺哀嚎著。救護員暗暗地點頭打了個信號之後，不顧她踢腳抵抗，拉她坐起。他們慢慢抬起她的身子，緊急醫療團隊的年輕實習生給她吞下一片鎮靜劑。這是她實習的第一個月。

另一個人也需要運用同樣的專業，以及客觀的態度救命。她不知道如何殺死自己，只知道如何殺死他人。她割了自己的兩邊手腕，再將刀子刺進喉嚨，整個人倒在嬰兒床下，失去了意識。他們讓她坐起，量她的血壓與脈搏之後，把她抬上了擔架。那個年輕實習生的手一直壓著她的脖子沒放。

鄰居紛紛聚集在這棟屋子的樓下，其中大多是婦人。再過不久就是接孩子放學的時刻。她們雙眼噙淚地望著救護車；有些人不停啜泣，想知道發生了什麼事。她們踮起腳尖，試著想看出警方封鎖線背後，以及鳴起警笛開走的救護車裡頭的任何動靜。她們耳語傳遞著一些消息。才那麼一下子，傳言已經開始散播開來，說是小孩子出事了。

這棟外觀高雅的公寓座落於第十區的高村路上。裡頭的住戶就算不認識，也總會親切地相互打招呼。馬塞一家人就住在六樓。他們家是整棟公寓當中坪數最小的一戶。保羅與米麗安在第二個孩子出生之後，把客廳的一部分做了隔間。他們夫妻的房間，就位在廚房與面對馬路的窗戶之間，空間相當狹小。米麗安喜歡花色條紋家具與柏柏爾地毯，她還在牆上掛了幾幅日本版畫。

這一天，她提早回家。她提前結束了一場會議，並且把一份研究報告留到隔天再做。她坐在地鐵七號線的車廂當中，想著要給孩子們驚喜。在回家的路上，她在麵包店前停下了腳步，買了一條長棍麵包、一份給孩子們的甜點，以及一塊給保母的柳橙磅蛋糕。她知道保母最愛吃這種蛋糕了。

她想著要先帶他們去遊樂園，接著再一起去買晚餐需要的食材。蜜拉會吵著要買玩具，而亞當會坐在推車裡吸吮著一大塊麵包。

結果亞當死了。蜜拉也快撐不住了。

2

「不要找非法居留的人，這沒問題吧？如果是找清潔工或是油漆工，那我就無所謂啦，畢竟這些人還是需要工作，可是如果要照顧孩子，那就太危險了。我可不要找一個在必要時不敢叫警察或是上醫院的人。還有，不要太老的，不要戴面紗的，也不要會抽菸的。最重要的是，這個人要活潑靈敏，得隨叫隨到。她要能好好工作，才能讓我們好好工作。」保羅什麼都準備好了。他擬了一份提問清單，為每場面試預備了三十分鐘的時間。夫妻倆還騰出了星期六下午，好為兩個孩子找到保母。

幾天前，米麗安與她的朋友艾瑪聊天。艾瑪抱怨兒子的保母：「保母的兩個兒子都在這裡，所以不能留得晚，或是臨時幫忙帶小孩，實在有夠不方便的。所以呢，當妳面試的時候得注意這件事：要是對方有小孩的話，最好小孩都沒有跟著過來。」米麗安雖然謝謝她的建議，可是坦白說，艾瑪的那番話令她心裡不大舒服。要是一個雇主用這種方式說她或是她的朋友，她可是會大聲抗議對方歧視。對她來說，一個女人因為有小孩就得遭到淘汰的想法實在太恐怖了。她寧可不向保羅轉述這個建議。她的丈夫就像艾瑪，是個務實、把家庭與事業列為第一優先的人。

這天早上，他們一家四口一起上市場。蜜拉坐在保羅的肩頭，亞當在推車裡睡覺。他們買了花。現在，他們整理著屋子，想要給陸續登場的保母一個好印象。他們收拾散落在地上、床底下，甚至是浴室裡的書本雜誌。保羅要蜜拉把玩具收進大塑膠袋裡。小女孩哭哭啼啼地拒絕，最後還是他親自把玩具一個個靠著牆堆著。他們摺好小孩的衣服，並且換了床單。夫妻倆清潔洗滌、丟棄物品，想盡辦法讓他們覺得很悶的屋子能夠通風，就是要讓那些應徵者知道他們是好人家、是正經規矩的人，只想要把最好的給孩子；同時，也想要讓保母明白，他們就是主人。

蜜拉和亞當睡午覺時，米麗安與保羅坐在床沿，心裡既是焦慮又是不安。他們從不曾把孩子托給別人照顧。米麗安懷蜜拉時，還是法律系的學生，而且在分娩的兩個星期前才拿到畢業證書。保羅則是不斷地實習，並且十分樂觀。米麗安初識保羅之時，就是被這樣的樂觀所吸引。他相信自己的工作可以養活兩個人。儘管當時遇上了經濟危機以及成本緊縮的問題，他依然確信自己可以在音樂產業闖出成績。

蜜拉是個脆弱、敏感的寶寶，總是不斷地哭泣。她不接受媽媽親餵，也不喝爸爸泡的牛奶，整個人完全養不胖。每當米麗安俯身對著嬰兒床，外面的世界彷彿不再存在，而她的野心、抱負，就僅限於把這個瘦弱愛吵鬧的小女孩多養胖幾公克。而時間，就在不自覺當中流逝了。她和保羅寸步不離蜜拉，他們的朋友對此感到不滿，在他們背後說酒館或是餐廳沒有小嬰兒的位子。夫妻倆對此總是假裝視而不見，可是米麗安就是極度不願別人在她面前提到找保母這件事。對她來說，只有她自己才有辦法滿足女兒的需求。

蜜拉剛滿一歲半的時候，米麗安又懷孕了。她一直告訴別人，那是個意外。她在朋友面前笑著說：「避孕藥的效果不是百分之百。」然而，事實是她根本就是故意懷上這個孩子的。亞當是她可以繼續享受家庭溫暖的藉口。保羅也不表反對。那時，他才剛在一家著名的錄音室找到聲音助理的工作，經常因為藝人的行程安排或是耍大牌，沒日沒夜地被綁在錄音室裡，抽不出身。在他眼中，妻子似乎非常享受這種獸性本能的生育過程。如此遠離世界與外人的繭居生活，提供了他們完全的庇護。

接著，日子開始顯得漫長。這個完美的家庭機制開始運轉不順。本來保羅的父母在蜜拉出生之後習慣幫他們的忙，可是鄉下的房子要進行大工程，留在那裡的時間便愈來愈多。就在米麗安生產前的一個月，他們竟還安排三週的亞洲之旅，而且還是在最後一刻才告知保羅。保羅很不開心，他向米麗安抱怨自己父母的自私和輕率。可是米麗安反而鬆了一口氣。她實在無法忍受希勒薇黏著他們。她會面帶微笑，聽著婆婆的建議；看見婆婆翻他們家的冰箱，批評裡頭食物之時，也會強忍著不悅，不作任何回應。希勒薇常買有機沙拉。她每次煮東西給蜜拉吃，廚房就會變得亂七八糟。米麗安與她總是意見不合。整個家裡瀰漫著山雨欲來的緊繃不安。米麗安於是這麼告訴保羅：「讓你爸媽過自己的人生吧！你應該讓他們好好把握現在清閒自在的時光。」

然而，她完全沒意識到這幾句話的嚴重性。有了兩個孩子，所有事情都複雜了起來：購物、幫小孩洗澡、看醫生、打掃。帳單逐漸累積，米麗安也開始變得意志消沉。她愈來愈討厭去公園。冬天的日子漫長得像是無窮無盡。她受不了蜜拉的任性，也對亞當的牙牙學語無感；她極度渴望獨自出門走走，甚至想要像個瘋子一樣在馬路上大吼大叫。這種欲念逐日壯大，有時她會對自己說：「他們真的會活活把我給吞掉。」

她嫉妒起自己的丈夫。夜晚時，她焦躁不安地等門。她會花一小時向他抱怨孩子的哭鬧、房子的狹小與她的苦悶。當她終於讓他說話，而他談著某個嘻哈團體繁鉅的錄音工程時，她便酸言酸語：「你的運氣真好。」他反駁：「妳的運氣才好。我好想看著他們長大。」這類的遊戲，從來就沒有人是贏家。

深夜時分。她身旁的保羅，就如同那些工作忙碌一天，所以值得好好休息的人一般地沉沉睡著。這個時刻，她便會任由酸澀與悔恨啃嚙她的心。她想著自己在缺錢與沒有雙親支持之下，為了完成學業所付出的努力，以及在通過律師資格考之後所感受到的喜悅。她也憶起第一次穿上律師袍時，滿臉驕傲，笑著讓保羅在樓下大門替她拍照。

好幾個月的時間，她假裝自己承受得住這樣的處境，她甚至不知道如何告訴保羅自己有多麼羞恥，也不知道如何告訴他自己有多麼痛苦，因為除了孩子的逗趣，以及在超市偷聽到的陌生人對話之外，她的生活實在沒什麼話題可聊。於是她開始拒絕所有的晚餐邀約，也不再回朋友的電話。她對有時可以變得很殘酷的女性尤其防備；心裡很想掐死那些假裝崇拜她，甚至羨慕她的女人。她再也受不了聽見她們抱怨工作，抱怨和孩子相處的時間不夠多。最嚴重的是，她很怕陌生人，因為他們會不知情地問她從事什麼樣的工作，然後在她提起家庭生活時，別過頭去。

有一天，當她在聖丹尼大道上的不二價超市買東西時，無意間把童襪忘在嬰兒車上，沒有結帳就離開。當她發現時，已經快到家了。她大可以返回超市退還襪子，可是她沒有。她也沒告訴保羅，因為那沒有什麼意義，可是她就是會不由自主地一直想著這件事。在那之後，她又去了不二價超市，在兒子的推車裡藏個一罐洗髮精、一瓶乳霜，或是一條自己根本不會抹的脣膏。她很清楚，要是被逮，只要扮演一個忙碌不堪的母親，人家就會相信她不是有意的。這些可笑的竊行令她精神恍惚。她會在路上獨自笑著，以為耍弄了全世界。

*

對她來說，與巴斯卡的巧遇，就像是一個徵兆。當時，她面對著旋轉木馬站著。蜜拉坐在木馬上不願意下來。她一次又一次地在蜜拉緊抓著木馬經過她面前並對她揮手時，對女兒說：「這是最後一圈了。」她的法律系同學一時之間並未認出她——畢竟她穿著一件過大的褲子，一雙老舊的靴子，骯髒的頭髮隨意紮了個髮髻。她抬起眼來，發現巴斯卡正對著她微笑，同時張開了雙手展現他的開心與訝異。她對他回以笑容，雙手緊抓著推車不放。巴斯卡沒有什麼時間，不過幸運的是，他要前往的地點離米麗安家很近。她向他提議：「反正我也要回家。不如我們一起走吧？」

米麗安大步衝向蜜拉。蜜拉尖叫著，不願意往前走。米麗安臉上執意掛著笑容，裝出控制住場面的樣子。與此同時，她不停想著大衣底下穿著的舊毛衣，而巴斯卡肯定已經看見了破損的毛衣領子。她於是焦躁地撫著太陽穴，彷彿這麼做，乾燥雜亂的髮絲就會變得服貼。倒是巴斯卡像是什麼都沒注意到。他對她說起自己與兩個同屆同學合開的律師事務所，以及創業的喜悅與困難。米麗安認真聽他說話，可是蜜拉不停讓她分心，她真想不惜任何代價讓這孩子閉上嘴。她雙眼盯著巴斯卡不放，同時掏著口袋、包包，想找出棒棒糖、零食什麼的，只要能換來女兒的安靜就好。

巴斯卡幾乎沒有正眼看這兩個孩子一眼，甚至連他們的名字都沒問。亞當睡在推車裡，表情十分安詳可愛，卻似乎也沒能使他變得柔和，也沒能令他感動。

「我到了。」巴斯卡親了她的臉頰，說：「很高興能再見到妳。」接著走進了一棟大樓。沉重的藍色大門闔上時發出「砰」的一聲，嚇了她一大跳。她開始默默地祈禱。米麗安站在路上，心中滿是絕望。要是可以的話，她會一屁股坐在地上大哭。她好想拉住巴斯卡的腿，求他帶她一起去，求他給她一個機會。一回到家，米麗安沮喪不已。她看著蜜拉獨自安靜地玩著。她幫寶寶洗澡。她對自己說，這樣簡單、無聲、如同桎梏的幸福，毫不足以安慰她的心。巴斯卡想必會恥笑她，甚至說不定還會打電話給系上的老同學述說米麗安活得多可悲：「她已經完全走樣了」、「她並沒有如我們所想的做出一番事業來。」

一整夜，那些想像的對話不停煩擾她的思緒。隔天，當她才沖完澡出來，便聽見了簡訊傳來。「不知道妳有沒有意思重回法律這一行？如果有的話，我們或許可以談一談？」米麗安幾乎開心地叫出聲來。她在屋子裡蹦蹦跳跳。蜜拉問：「媽媽，妳怎麼了？妳為什麼笑？」她只是親了小女兒一下。隨後，米麗安自問，是否巴斯卡注意到了她的絕望，或者，他單純只是覺得自己運氣很好，所以才會遇上了米麗安．夏法——她是他見過最認真的學生了。又或者，他認為全因為老天保佑，他才能聘請像她這樣的人，讓她重回法庭。

米麗安把這件事告訴保羅，然而他的反應令她失望。他聳聳肩：「我不知道妳想上班。」她聽了大為光火，情緒比她應當有的還激烈。她罵他自私，他則怪她態度前後不一。「妳要上班，我不反對，可是孩子怎麼辦？」他的冷言冷語，讓她的抱負瞬時變得可笑，更讓她覺得自己確確實實被關在這間屋裡了。

待情緒平復之後，兩人開始仔細地研究可能的辦法。現在是一月底，所以托兒所或日間臨托中心是不可能有名額的。他們在市政府也沒有人脈。而且，要是她開始工作的話，他們的薪資所得數字太尷尬——對於接受緊急援助來說，太有錢；對於聘請保母來說，又太窮了，賺的錢等於都給了保母。保羅得出結論：「加上加班費的話，給保母的費用和妳賺的薪水根本就差不多，不過，算了，要是妳覺得這樣妳會開心的話……」兩人最後決定，還是選擇雇用保母來解決問題。但是保羅說的那番話，讓她一想起來便覺得苦悶。她心裡有些埋怨保羅。

*

為了能夠盡快找到保母，她於是前往附近新開的仲介所。這家仲介所由兩名三十幾歲的年輕女性經營；辦公室狹小，裝潢也極為簡單。粉藍色的門面，裝飾著金色星星與單峰駱駝圖樣。米麗安按了門鈴。女老闆隔著玻璃窗打量著她，接著緩緩地起身，從門縫中探出頭來。

「有什麼事嗎？」她問。

「您好。」

「想要登記資料嗎？那得給我們一份完整的文件。要您的履歷，還有前任雇主簽名的推薦函。」

「不是的，我是為了我的孩子才來的。我想要找保母。」

那名女性聽了，整個表情立刻大轉變。她像是既因為顧客上門而開心，又因為誤會顧客來意而尷尬。不過這也難怪，她怎麼想得到眼前這個頭髮鬈曲濃密，疲態盡露的女子，會是那個在人行道上哭哭啼啼的漂亮小女孩的媽媽呢？

女老闆翻開一本厚重的名冊。米麗安俯下了身子。她請米麗安坐著看。幾十張女性的照片——其中大多數來自非洲或菲律賓——攤在米麗安眼前。蜜拉翻著名冊玩著，說：「媽咪看，這個女人真醜。」米麗安念了女兒幾句，心情也變得沉重。她重新低頭看著那幾張或是模糊，或是取景拙劣的照片。照片中沒有人的表情是笑著的。

這個女老闆的一切，無論是她的虛偽、她紅通通的圓臉，或是她圍在脖子上那條洗舊的披巾，還是剛才顯露出的種族歧視，通通令米麗安感到噁心。她真想逃離那間辦公室。她握了女老闆的手，允諾與丈夫討論過後，會再與她聯絡，但她沒有再踏進過那間辦公室一步，反而在住家附近的商店張貼徵保母啟事。她也在一位朋友的建議之下，在許多網站登出標示「急徵」的小廣告。一個星期之後，他們接到了六通電話。

她簡直就像期待救世主一般地期待這個保母，然而同時，她一想到要把孩子交給別人便覺得心慌。她知道兩個孩子的一切，也想要把這種「知道」當作不與人分享的祕密。他們的習性、他們的癖好，她無不熟悉。當其中一個生了病或是難過時，她立刻就能感覺到。她從沒讓他們離開過她的視線，因為她堅信這個世界上，沒有人能夠比她把這兩個孩子保護得更好了。

自從他們出生，她就變得什麼都怕，尤其是害怕他們死亡。儘管包括她的朋友或是保羅，她對誰也沒提，可是她就是認為這樣的想法，大家同樣都有。她甚至相信他們就和她一樣，看著孩子熟睡時，會突然自問，要是這個身軀變成了屍體、這雙閉著的雙眼永遠不再打開的話，該怎麼辦才好。她無力克服恐懼，只能藉著搖頭、念經文、敲敲木頭[1]或是母親過世後遺留給她的法蒂

1 傳說可帶來好運，甩除壞運氣。

瑪之手[2]，驅走不停在她腦海中上演的殘忍情節。她要袪除厄運、疾病、意外、肉食動物的邪惡欲望。深夜時，她夢見他們突然消失在冷漠的人群之中，她吶喊：「我的孩子哪裡去了？」但人們只是看著她笑，以為她瘋了。

2 西非與北非地區常見的掌型護身符。

3

「她遲到了。一開始就這麼不順。」保羅不耐煩了起來。他走向大門，從門孔望了出去。時間已經是下午二點十五分，而第一個候選人（一名菲律賓女子），仍遲遲未出現。

到了二點二十分時，姬姬有氣無力地敲了大門。米麗安替她開了門之後，立刻注意到她的腳出奇的小。這個年約五十歲的女人，竟然有雙孩童般的腳。儘管天冷，姬姬穿著一雙布鞋配上白色折邊襪。她的打扮算是高雅：一頭長髮編成的髮辮垂在背中央。保羅冷冷地提醒她遲到了，姬姬低著頭，咕噥道歉。她的法語說得極差。保羅態度敷衍地以英文與她面談。姬姬談著自己的經驗，以及留在家鄉的孩子——其中最小的孩子，已經有十年不見。他不會雇用她。他例行問她幾個問題，到了二點三十分，便送她到門口。「我們會再與您聯絡。謝啦！」

接著是葛瑞絲。這名來自象牙海岸的女子，滿臉笑容，沒有居留證。下一個是金髮的卡洛琳，頭髮骯髒，體態肥胖。三十分鐘的面談當中，她只是抱怨著背痛與靜脈血液循環的毛病。而後是來自摩洛哥的瑪莉卡，她已經有點年紀，不停強調自己二十年的經驗以及對小孩的愛。米麗安的態度很清楚，她就是不要找北非馬格里布人照顧自己的孩子。保羅試著說服她：「那其實很好啊！既然妳不想跟小孩講阿拉伯語，那就讓她教小孩講。」但米麗安斷然拒絕。她怕自己與保母之間建立起一種不需言語的默契或是熟悉，也怕對方用阿拉伯語向她提出意見，或是講述自己的人生，而在不久之後，還會以她們的共同語言與宗教為名，向她提出成千上萬的要求。一直以來，她總是防備著這種她口中的「外來移民的團結」。

然後路易絲出現了。後來，當米麗安說起與她的第一次面談時，總愛說她們的相遇是再當然不過的事了，就像是戀人的一見鍾情。她尤其強調女兒見到路易絲時的反應。她喜歡這麼解釋：「是蜜拉選擇她的。」當時，睡午覺的蜜拉被弟弟的尖銳叫聲吵醒。保羅去抱寶寶過來。蜜拉跟在後頭，躲在爸爸的雙腿之間。路易絲站了起來。米麗安向人描述這一幕時，依然著迷於路易絲所展現出的自信。路易絲從保羅的手中，溫柔地把亞當抱了過來，接著，她假裝沒看見蜜拉。「那個小公主去哪裡了啊？我剛才好像看到了一位小公主，可是她不見了。」蜜拉咯咯地笑了，路易絲繼續這場遊戲，在屋子角落、桌子底下、沙發背後四處尋找那個消失的神祕公主。

他們問她幾個問題。路易絲說她的丈夫已經過世，女兒史蒂芬妮已經長大了。「真的很難想像她都快要二十歲。」所以她的時間很彈性。她遞了一張紙給保羅，上頭寫著幾位前雇主的姓名。路維爾家是名單上的第一位。路易絲說：「我在他們家待了很久。他們跟您們一樣，有兩個孩子，都是男孩子。」她的臉部線條平和，笑容真誠，說話時嘴唇並不會顫抖，這些特質吸引了保羅與米麗安。路易絲的外表冷靜沉著。她的眼神，是一個善於傾聽、包容的女人才會有的。她的面孔如一片平靜的海洋，沒有人會猜測底下是否存在著深邃又難測的海淵。

路易絲留下了路維爾家的電話號碼。當晚，他們打了過去。一個女人接起電話，聲音顯得有些冷淡。不過，當她一聽見路易絲的姓名，語氣立刻轉變。「路易絲嗎？您們能遇到她，算您們運氣好。她就像我兩個兒子的第二個媽媽一樣，所以當她必須離開的時候，大家真的都很難過。坦白跟您說，當時我甚至還想生第三個孩子好留住她呢！」

4

路易絲拉開了屋內的百葉窗。才剛過五點不久，屋外的街燈依然亮著。一個男人在路上走著。他貼著牆，不想淋雨。大雨下了一整夜。風聲在水管中嗚嗚迴盪，在她的睡夢中縈繞不去。這場雨彷彿故意橫著下，好痛打大樓的正面與窗戶。路易絲喜歡看著窗外。她的住屋正對面是一間小屋。這間夾在兩棟灰暗建築物中間的小屋，四周圍繞著種滿荊棘的庭院。一對來自巴黎的年輕夫妻於初夏時入住。星期天的時候，他們的孩子會玩鞦韆、清掃菜園。路易絲很想知道他們搬來這一區做什麼。

睡眠不足令她打起了哆嗦。她伸出指尖摳著窗角。儘管她一個星期努力刷洗兩次，幾扇玻璃窗依舊霧霧糊糊，還覆滿了塵埃與黑色的長條痕跡。她以食指一次比一次更用力地摳著，結果摳斷了指甲，便將食指伸進嘴中咬著止血。

她住的是套房；客廳就是她的臥室。每天早上，她總會小心翼翼地收起沙發床，再蓋上黑色的沙發套。電視是開著的。她就著矮桌吃起了早餐。幾個一直未拆的箱子貼牆放著，裡頭或許有幾件能為這間毫無生氣的套房增添生命力的東西。沙發右邊有一個相框，閃亮的框條嵌著一張紅髮少女的照片。

她將長裙與襯衫輕輕地攤放在沙發上，接著拿起了地上的平底便鞋。這雙漆面方跟鞋上有一個不顯眼的小蝴蝶結。雖然是十年前買的式樣，由於她的悉心保養，看起來依舊如新。她坐在沙發上，將一片化妝棉浸入一罐卸妝乳中，然後拿著棉片緩慢地擦起了一隻鞋。她專注地擦著，細心得超乎尋常。化妝棉變得髒兮兮的。路易絲將擦過的鞋子湊近單腳小圓桌上的檯燈。當漆面發亮的程度令她滿意時，她放下那隻鞋，拿起了另外一隻。

時間還早，她還有時間修整一下因為家務而磨損的指甲。她在食指上貼了ＯＫ繃，接著在其他的指甲上塗了低調的粉色指甲油。她還是生平第一次不在乎價錢，讓髮型設計師替她染髮。她將頭髮攏到頸子上方，梳成了一個髻。她化好了妝。藍色的眼影令她顯老。別人總以為身形纖瘦的她才剛滿二十歲，但她的實際歲數其實是二十歲的二倍以上。

＊

她在屋裡踱步。在她眼裡，這間屋子從不曾像此刻一般地狹小。她坐下，但隨即站起。她大可以打開電視，喝杯茶，翻翻床邊擺著的那本舊女性雜誌，可是她又怕自己鬆懈、虛擲時間，或是變得昏沉遲鈍。這天的早起令她虛弱、無力得彷彿隨時就會不小心閉起眼睛睡著以致遲到。她得保持警覺，將精神意志全貫注在這上班的第一天。

她沒辦法在家裡等下去。現在還不到六點，離上班時間還早得很，她仍然快步地走向地鐵站。她花了超過十五分鐘抵達聖茅德佛賽站。車廂上，她坐在一個中國老人的對面。他縮著身子，額頭抵著玻璃車窗睡著。她一直注視著他那張疲倦的面孔，在每一站停車時，都猶豫著該不該叫醒他。她怕這個老人迷了路，坐過頭；怕他一睜開眼，發現終點站只有他孤伶伶的一個人；怕他得硬著頭皮往回走。可是，她終究還是沒開口。還是不要跟別人說話比較妥當。像有一次，她差點被一個很漂亮的棕髮女孩打巴掌。那個年輕女孩朝她大吼：「妳幹麼一直看我？喂！妳這樣盯著我是有病嗎？」

車子開到了歐貝站。她跳下了車。此時，來往的人開始多了起來。當她走在通往地鐵候車月臺的樓梯上時，一個女人用力推開她。一股混合可頌與焦巧克力的噁心氣味扼住了她的脖子。她在歌劇院站搭七號線，接著在漁人站下了車，來到戶外。

路易絲還有幾乎一個小時的時間。她坐在樂園咖啡的露天座椅上，隔著味道平庸的咖啡注意著那棟樓房的大門。她把玩著小咖啡匙，羨慕地看著坐在她右邊的男人用他淫蕩的厚唇抽菸，心裡很想搶過他手上的菸，深深地吸上一口。她忍耐不下去了，於是付了咖啡錢，走進那棟安靜無聲的樓房。她盤算著等十五分鐘之後再按門鈴，在那之前，她先暫時在兩層樓間的階梯上坐著等。突然，她聽見有聲音傳來，才剛起身，就看見保羅腳步輕快地走下樓。他手臂下夾著他的自行車，頭上戴了一頂粉色的頭盔。

「路易絲？您在這裡很久了嗎？怎麼沒有進來呢？」

「我不想打擾您們。」

「沒有，您沒有打擾到我們。拿著，這是給您的鑰匙。」他邊說，邊從口袋掏出一串鑰匙。

「來吧，別客氣，當自己家一樣。」

5

「我們的保母簡直是仙女。」當米麗安談到路易絲進入他們的日常生活之中，正是這麼說的。她一定是有神奇的魔力，才有辦法把這間沉悶、狹窄的屋子變成一個平靜明亮的場所。路易絲推開了牆，讓壁櫥變得更深，抽屜變得更大。她還讓光線照了進來。

路易絲上班的第一天，米麗安給了她幾個指示。她教路易絲操作家裡的機器。她指著某個器具或是某件衣服，特別強調：「這個得要小心一點。這個東西對我很重要。」她反覆叮囑路易絲別讓小孩碰保羅收藏的黑膠唱片。路易絲沒說話，只是溫順地答應。她自信沉著地觀察每間房間，如同將軍面對一片待攻下的土地。

在她來了之後，接下來的幾個星期，她讓這間亂哄哄的屋子成了中產階級理想的家。她讓一切都能按著自己的完美主義與過時的規矩呈現，令米麗安與保羅完全不敢置信。幾件因為掉了釦子卻又懶得拿起針線，所以好幾個月都不穿的外套，她全把釦子縫好了。裙子的收邊、褲腳，她也全部重新縫過。一些蜜拉穿不下、而米麗安毫不在乎地準備丟掉的衣服，也經過了她的巧手修改。路易絲還將覆上灰塵與菸燻而泛黃的窗簾洗乾淨，每星期同時會更換一次床單。這些努力，讓保羅與米麗安開心極了。保羅微笑著對路易絲說，她就像是瑪麗．包萍[3]，不過他並不確定她知不知道那是一種讚美。

夜晚時，夫妻倆享受著乾淨床單所帶來的舒適，他們笑著，對於這種屬於他們的新生活，開心得簡直不敢相信。他們感覺自己應該是找到了寶，一定是有上天保佑。儘管路易絲的薪水對家計是個負擔，可是保羅對此不再有所不滿。才過了幾個星期，路易絲就成了這個家庭不可或缺的存在。

米麗安晚上回到家時，晚餐都已經準備好了。兩個梳洗乾淨的孩子也乖乖地不吵不鬧。路易絲激起了米麗安曾經羞於懷有的、對於理想家庭的幻想，並且使之成真。她不僅教蜜拉收東西，還讓蜜拉在夫妻倆驚異的注視之下，獨立把外套掛上掛衣鉤。

3 Mary Poppins，澳洲英裔兒童文學作家 P.L. Travers 的同名小說主角。此位神仙保母來到人間照顧班克斯家的小孩，除了給他們恩威並濟的管教與照顧之外，還改變了他們的世界。

用不到的東西沒有了。有路易絲在，無論是碗盤、髒衣服，或是夾在舊雜誌裡忘了拆的信件，再也沒有什麼東西會堆著不管，也不再有什麼東西會發霉、過期，因為路易絲什麼都注意到了。認真的她，把所有事情全記在一本花卉封面的記事本裡，像是舞蹈課的時間、放學時間、小兒科約診日期。她抄下兩個小孩吃的藥名，記下在遊樂場買的冰淇淋價格，完整記錄蜜拉的老師所說的每個字句。

幾個星期過後，她開始主動改換物品擺放的位置。她清空了所有壁櫥；在大衣與大衣之間，掛上薰衣草香包，還做了花束。當亞當睡著而蜜拉在學校之時，她坐了下來，欣賞自己完成的工作，內心平靜滿足。整間安靜的公寓全落在她手中，就像一個求她開恩的敵人，任憑她處置。

不過，廚房才是她最能施展絕妙功夫之地。米麗安對她坦承，自己對廚藝一竅不通也沒有興趣。這位保母烹煮的餐點，不但保羅讚嘆不已，就連平常都得靠強迫才能把飯吃完的小孩，也總是只顧著吃，連話都沒空說。米麗安和保羅開始重新邀請朋友到家裡吃飯。他們的朋友對於路易絲的燉肉、火鍋、鼠尾草小牛腿、清脆蔬菜，都能吃得開懷。他們對米麗安大加讚賞，不過她總會這麼承認：「全是我們保母做的。」

6

當蜜拉在學校時，路易絲會用一塊大布巾把亞當掛在身上。她喜歡感受這孩子胖嘟嘟的大腿貼著她肚子，也喜歡他睡著時，口水滴在她脖子上的感覺。整天，她一直哼著歌，把孩子哄得懶洋洋地想睡覺。她替他按摩，為著養出他身上那一圈圈的肥肉和圓鼓鼓的粉紅色臉蛋而得意。早晨，這孩子會咿咿呀呀地伸出手，要路易絲抱。路易絲來到這家庭的幾個星期之後，亞當開始學走路。以前總是整夜哭鬧的他，現在可以安穩地一覺到天亮了。

比起來，蜜拉的個性孤僻多了。這個小女孩的身形如芭蕾舞者般纖弱。路易絲替她梳了髮髻，不過頭髮拉得太緊，她的雙眼也被往太陽穴的方向扯，變得細長，配上方形額頭、高貴冰冷的眼神，看起來就像中古世紀的人物。蜜拉這孩子很難帶。只要不順她的意就會大吼大叫。她會躺在馬路上、跺腳，或是讓路易絲拖著走，存心要路易絲難堪。每當路易絲蹲下身子，試著好好跟她說話，蜜拉就會故意看向別的地方。她高聲地計算壁紙上有幾隻蝴蝶。她哭的時候，會看著鏡子裡的自己。這個小女孩對自己所映照出的身影很是迷戀。她走在路上時，會認真地看著玻璃櫥窗，結果正因為只顧著看玻璃中映出的自己，好幾次不是撞了欄杆或柱子，就是被人行道上的小障礙物給絆倒。

蜜拉很精。她知道在外頭時，別人會看，路易絲會覺得丟臉。只要在公共場所，她的保母很快就會妥協。因此，路易絲得特地繞過路上的玩具店，不然這個孩子會在店門前高聲尖叫。上學的途中，蜜拉總是拖著腳步，慢吞吞地走。她從蔬果店的貨架上偷拿一顆覆盆子；跳上櫥窗窗臺；躲在樓房門廊底下，接著拔腿就跑。路易絲想辦法推著嬰兒車追，同時高聲大喊她的名字，但這孩子只有跑到了人行道另一端的盡頭才會停下來。蜜拉有時候會感到後悔。她會為著路易絲的蒼白臉色，以及她給這保母所帶來的驚恐而擔心，所以乖乖地回到路易絲身旁撒嬌，要路易絲原諒她。她緊緊抱著保母的腿不放，哭著要路易絲哄哄她。

路易絲慢慢地讓這孩子變得順服。日復一日，她向蜜拉述說著一個個的故事，而這些故事的人物總是相同，不是孤兒、迷路的小女孩，就是被囚禁的公主，或是被可怕妖怪遺棄的城堡。還有一群奇異的野獸：歪鼻鳥、單腿熊、憂鬱獨角獸，在路易絲的風景之中定居。小女孩閉上嘴巴不說話。她待在路易絲的身旁，專注而急切，要聽那些人物的故事。這些故事是哪來的？這些故事，無須思考，也無須回想或想像，便從她的口中滔滔不絕地傾洩而出。然而，她是從哪座黑色的湖、哪個深密的森林，採集到這些好人到最後還沒能拯救世界便死去的殘酷童話呢？

7

每天早上在律師事務所，當接近九點半時，米麗安便會聽見有人推開大門，這讓她有些失望。因為接下來，她的同事開始陸續抵達，他們喝咖啡、電話鈴聲震天價響、鋪木地板發出嘎吱聲，都將打破原有的平靜。

米麗安早上八點前就已經在辦公室裡了。她每天總是第一個到。她只點亮辦公桌上的小檯燈，在光暈底下，在彷如置身山洞的靜默當中，米麗安重拾學生時代的專注。她愉悅地埋首審視卷宗，忘卻了所有的一切。有時，她手拿著文件，自言自語地在幽暗的走廊上獨自走著，在陽臺上抽支菸、喝杯咖啡。

米麗安重回職場那一天，黎明時分，她懷著猶如孩子般興奮的心情醒來。她穿上了新裙子，套上了高跟鞋，路易絲見她便讚嘆：「您真漂亮啊！」在門前，這個抱著亞當的保母把女主人往門外推，一再地說：「別擔心我們。一切都沒問題的。」

巴斯卡熱情地迎接米麗安的到來。他派給她的辦公室與自己的相通，僅以一門相隔，而那扇門經常都是開著的。米麗安才到職兩、三個星期，巴斯卡便將向來連多年合作伙伴都無權擔負的責任交給她。幾個月過去，米麗安開始獨自處理十幾位客戶的案子。巴斯卡鼓勵她試試身手，發揮他知道極為強大的工作能力。而她，從來不說「不」，也從未拒絕巴斯卡給她的案子，甚至不曾抱怨加班加得太晚。巴斯卡經常對她說：「妳真的很完美。」在好幾個月之中，米麗安幾乎就要被小案件給壓垮了。她替可憐的毒販、蠢蛋、一個暴露狂、沒有天分的搶匪與被抓到酒駕的酒鬼辯護；過度融資、金融卡盜用、身分冒用，都是她需處理的案子。

巴斯卡靠她招攬新客戶，並且鼓勵她花時間從事法律扶助工作。因此，每個月，她得到波比尼市法院兩趟。她在法院的走廊上等，雙眼緊盯著錶，但是指針總像是停止了轉動。她每次一等便等到了晚上九點。有時，她會氣惱起來，所以用粗暴的口氣回答茫然失措的客戶，雖然如此，她還是全力以赴，從而得到了能夠得到的東西。巴斯卡老是對她說：「妳得對自己手上的卷宗非常熟悉。」她也努力做到了。她反覆讀著筆錄，直到夜深。她揪出了最不明顯的含糊之處；辨識出訴訟程序最微小的錯誤。她投注所有的激情，終於獲得了回報。她的老客戶推薦她給朋友。她的名字在犯人之中傳誦。她曾經幫一個年輕男人逃過牢獄之災，他承諾會報答她。「我不會忘記是妳把我從監獄救出來的。」

某晚深夜，她接到電話，是一個老客戶遭到羈押，需要她在場。他因為家暴被逮，可是他曾經信誓旦旦地告訴她，自己不會對女人動手。她在深夜兩點的黑暗之中，躡手躡腳地換好衣服，接著彎下身子想親保羅，不過他咕噥抱怨了幾聲，轉過了身子。

她的丈夫不時說她的工作太多，她聽了總是會很生氣，這反應讓他相當不滿。但她卻認為，她的丈夫對她過度關心，甚至口口聲聲說在乎她的健康、擔心巴斯卡壓榨她，也全是假裝的。她試著不去想她的孩子，不讓罪惡感折磨自己的內心。她有時甚至會覺得他們都聯合起來對付她。她的婆婆也故意讓她相信「要是蜜拉經常生病，全是因為她很孤單」。她的同事從來不會約她下班後去喝一杯，知道她經常晚上留在辦公室加班後，大感訝異：「妳是沒有小孩嗎？」直到有一天，蜜拉和一個小女生發生了小衝突，蜜拉的老師請她撥出一個早上到學校談談。當米麗安為著讓路易絲代替自己出席家長日而道歉之時，那位頭髮灰白的女老師做了一個大大的手勢。「真希望您們知道！這是世紀之惡。所有可憐的孩子在雙親都被同一種野心所吞噬的時候，一切都只能靠自己。您知不知道父母對孩子最常說的一句話是什麼？是『快一點！』當然了，倒楣的是我們。小孩子感到焦慮、被遺棄，反而要我們付出代價。」

米麗安非常非常想要開口罵她，可是她沒辦法。是因為椅子太小，讓她在這間飄散著黏土與油漆混和氣味的教室裡坐得很不舒服的關係嗎？教室的裝飾、老師的聲音，硬是拉著她回到了童年，回到了這個順從與被強迫的年紀。米麗安帶著微笑，笨拙地謝謝老師，一面保證蜜拉的表現會有進步，一面壓抑著想要反駁這個老妖怪批評蜜拉、對她說教的衝動，因為她實在太怕這個灰髮女士會報復她的孩子。

至於巴斯卡，無論是她內心的憤怒，或是對於量身打造的挑戰與被肯定的強烈渴望，他似乎全都懂。她與他之間，開始了某種戰爭，而兩人自這場戰爭當中，獲得某種曖昧的樂趣。他驅策她，她違抗他；他榨乾她，她也沒讓他失望。一晚，他約她下班後喝一杯。「我們一起工作六個月了，這值得慶祝一下吧？」他們默默地走在路上。他替她開酒吧的門，她對他微微一笑。他倆坐在酒吧最裡頭的鋪毯長椅上。巴斯卡叫了一瓶白酒。他們先是聊近日進行的訟案，接著很快地聊起了學生時代的回憶；他們共同的朋友夏洛特在十八區中心的家族豪邸開的派對；可憐的塞琳娜在口試那天的恐慌是多麼好笑。米麗安喝得很快，而巴斯卡一直逗她笑。她不想回家。她真希望不需要事先告知誰，也希望沒有人等她回家。可是保羅在。她的孩子也在。

一種微微情色、帶有刺激的張力，燒灼著她的喉嚨與乳房。她舔了舔嘴脣。她想要某個東西。長久以來，這是她第一次感覺到某種不理性、膚淺、自私的慾望；某種對自身的慾望。儘管她愛保羅，她丈夫的身體彷彿滿載著回憶。當他進入她，是進入她身為人母的那個腹部，是那個保羅的精液經常留駐的沉重腹部。是她那充滿皺摺與紋路的腹部，裡頭，有他們一起搭建的房子，還有無數的擔憂與歡樂綻放著：保羅按摩她腫脹發紫的雙腿；他看見鮮血染紅了床單；當她伏著身體嘔吐時，他撐著她的頭髮與額頭；他聽見她的嘶吼；當她出力的時候，他擦拭她那布滿血管瘤的臉；他將孩子拉離她的身體。

她總是不願意去想，她的孩子會是她成就與自由的絆腳石——如同一個往海底拖行，在爛泥中拉住了一個溺水者的臉的錨。一開始，當她意識到這一點，便會陷入深沉的悲哀。她覺得那並不公平，也令人挫折得過分。她了解到未來的一輩子將永遠想著自己並不完整、事情做得不好、為了別人犧牲一段自己的人生，因此大做文章，拒絕放棄這種理想母親的夢想。她固執地想，一切都是可能的；她可以達到所有的目標，可以不再尖酸刻薄或疲憊。可以不再扮演受難者或是勇氣之母[4]。

每一天——或幾乎每一天，米麗安都會收到朋友艾瑪的動態更新通知。艾瑪在社群媒體上放了她兩個金髮孩子的復古色調照片。兩個完美的孩子在公園玩著。她自認已經看出了兩個孩子的天分，所以幫他們註冊一所讓天分充分發展的學校。她幫他們取的名字，源自於北歐神話，而且難以發音，不過她挺樂於向人解釋名字的寓意。照片中的艾瑪很美。她的丈夫則是從未出現。他忙於將一個理想家庭拍成照片——而他在這個理想家庭之中的角色，只是個旁觀者。然而，蓄著鬍鬚，穿著天然羊毛毛衣、緊身不舒適的工作褲的他，仍是設法成為其中的一分子。

米麗安從來就不敢將這個在腦中轉瞬即逝的想法——這個當她觀察路易絲與孩子時，雖不殘酷但很可恥的念頭——說給艾瑪聽。於是，她對自己說，只有當彼此不再互相需要，當我們可以過自己的人生，過一個與他人無干、完全屬於自己的人生，而讓我們因此獲得了自由時，我們才會擁有真正的幸福。

4 Mère Courage，一九三九年德國戲劇家貝托爾特．布萊希特所創作的劇本，描述十七世紀瑞典與波蘭交戰時，一名有勇氣之母稱號的農婦安娜，為了當個好母親養孩子，於是從商，然而從商卻令她無暇照顧孩子。她在戰場上買賣子彈、鞋子等物品，可是她的孩子一個個在戰場上逝去，但她並不因此而失去生命的勇氣。

8

米麗安走到大門處，從門孔看出去，每隔五分鐘便喊著「他們遲到了」，這讓蜜拉變得很緊張。蜜拉穿著那件難看的塔夫綢洋裝坐在沙發邊上，雙眼噙淚地問：「他們是不是不會來了？」

路易絲回答：「他們一定會來的。他們只是需要花點時間到這裡。」

為了籌備蜜拉的生日派對所需耗費的心力，實在超乎米麗安的想像。路易絲從兩個星期以來，嘴裡念著的就只有這件事。當米麗安晚上帶著工作的疲累回到家，路易絲便會給她看自己編的花環。路易絲以一種異常興奮的語調，描述一件在某家商店發現的塔夫綢洋裝。她說她確定那件洋裝會讓蜜拉樂壞了。有好幾次，米麗安得強忍住潑她冷水的衝動。在米麗安的心裡，這些操心實在可笑，也令她厭煩。蜜拉還那麼小！她實在看不出像這樣為了這些事情忙成這樣的意義何在。只是，路易絲睜大了眼，直直地看著她，還拿歡喜不已的蜜拉作為見證。這位小公主的快樂，以及即將到來的生日派對所塑造出的童話幻境才是最重要的。米麗安嚥下了酸言酸語。她感覺自己有點像是做壞事被逮個正著，心虛之下，因而答應了會排除萬難參加生日派對。

路易絲決定這場生日派對要辦在星期三的正午過後不久，如此一來，她才能確定受邀的小朋友都會在巴黎，而且每個人都能夠到場。那天早上，米麗安出門工作前，保證她午餐後一定會回到家。

當她下午回到家時，差點叫了出來。她幾乎認不得自己家了。客廳像是徹頭徹尾改造過，還這裡那裡地垂著一串串的氣球、亮片、紙環。更想不到的是，為了不妨礙孩子們玩耍，整張沙發都搬開了。就連那張因為沉重無比，所以他們自搬來後就從沒動過的橡木桌，也挪到了客廳的另一頭。

「是誰搬動這些家具呢？是保羅幫您的嗎？」

路易絲回答：「沒有，全都是我自己一個人做的。」

米麗安聽了簡直不敢相信，而且直覺得好笑。她看著保母那雙堪比火柴棒的纖瘦雙臂，心裡想著，這是開玩笑的吧！接著，她記起了自己早就注意到路易絲的驚人力氣。有那麼一兩次，她發現路易絲手提著好幾個沉甸甸、塞滿東西的袋子，同時還抱著亞當，不禁感到佩服。路易絲瘦弱的身形背後，藏著巨人般的旺盛精力。

一整個早上，路易絲把氣球吹成一隻隻動物，接著在整間屋子裡（從客廳甚至是廚房抽屜）

到處黏上氣球。她還親手做了生日蛋糕。一個大大的紅莓夏洛特蛋糕，上頭還有裝飾。

米麗安很後悔下午請假，她原本可以安安靜靜、舒舒服服地坐在辦公室裡。女兒生日令她煩躁不已。她一想到得看著那些覺得無聊而且失去耐性的小孩搞怪，心裡就覺得害怕。她並不想排解小孩之間的爭執，也不想安撫那些父母來接得晚的小孩。此時，童年冷冰冰的回憶湧上了她的心頭。她看見自己獨自坐在白色羊毛厚地毯上，其他女孩則在旁一同玩著家家酒。因為她讓一塊巧克力在羊毛纖維間融化了，她努力想辦法掩蓋自己所做的壞事，卻弄巧成拙。小主人的媽媽在所有人面前罵了她一頓。

米麗安躲在自己的房間裡，關起門來，假裝忙著讀電子郵件。她知道自己還是可以一如既往地把一切放心地交給路易絲。門鈴開始響起。米麗安偷偷地出了房間，觀察那些孩子圍著保母團團轉。他們全都讓她給迷住了。她準備了歌曲與魔術表演。他們訝異地看著喬裝打扮過的她。不過這些孩子可沒那麼容易上當，他們知道她和他們是一國的。路易絲在那裡，不但活潑、愉悅，而且愛鬧愛玩。她哼著歌曲，發出動物的叫聲，甚至在所有孩子面前，讓蜜拉和一個男同學騎上了她的背。一個個孩子笑得眼淚都流出來了，央求著路易絲也讓他們玩牛仔競技賽。

9

米麗安欣賞路易絲盡情玩耍的本領。她以唯有孩童才會擁有的活力，盡情地玩耍。有一晚，當米麗安踏進家門時，發現路易絲躺在地上，臉上畫得五顏六色。她的雙頰和額頭上畫了一道道黑色的粗線條，當作是戰士的面具。她用皺紋紙做了一條印地安頭巾，還在客廳的正中央，用一張床單、一支掃把和一把椅子搭起一座歪歪扭扭的印地安圓頂帳棚。米麗安站在半開的大門前，心裡滿是困惑。當她看著路易絲扭曲身體，發出野人的叫聲，除了尷尬還是尷尬。她腦中閃過的第一個想法是，保母像是醉了。路易絲一發現米麗安便立刻起身。她的雙頰通紅，腳步踉蹌，抱歉地解釋：「我腳麻了。」亞當抓住她的小腿肚，引得路易絲笑了；那個笑聲，依然屬於那個遊戲進行的想像國度所有。

米麗安安慰自己，或許路易絲也還是個孩子。她和蜜拉玩耍總是非常認真。比如，她們玩警察抓小偷時，路易絲會讓蜜拉把自己關在想像的監牢之中。有的時候，換路易絲扮警察追著蜜拉跑。她每次總會發想出一個精確的地理位置，要蜜拉記下來。她會製作服裝、設計曲折離奇的情節，用一絲不苟的細心態度準備布景。有的時候，孩子會失去了耐性。「開始玩了好不好？」他們會這麼哀求她。

米麗安並不知道，其實路易絲最喜歡玩的是捉迷藏。只不過她的捉迷藏沒有時間限制，也沒有規則可循。她的捉迷藏最主要是建立在錯愕的效果之上。路易絲會毫無預警地消失。她會縮著身子，待在角落裡，讓兩個孩子找她。她通常會選可以持續觀察孩子動靜的地方躲起來。她縮進床底下，或是門後，然後定住不動，同時屏住呼吸。

蜜拉知道遊戲開始了。她像瘋子一樣尖叫，還拍著手。亞當跟著姊姊走。他笑得直不起腰，好幾次都一屁股跌坐在地上。他們叫著路易絲的名字，可是路易絲並不回應。「路易絲，妳在哪裡？」、「路易絲，小心，我們來了，我們會找到妳的。」

路易絲沒有說話。她也沒有從藏身處出來，就算他們哭、他們叫，或是變得慌亂不安也一樣。她在暗處蜷著身子，窺伺著亞當驚慌沮喪地嗚咽。他不明白。他嘴裡喚著「路易絲」，但最後一個音發不出來，鼻涕流到了嘴脣上，雙頰氣得發紫。蜜拉也是，她最後也害怕了起來。有那麼一會兒，她開始相信路易絲真的走了，把這對姊弟丟在這間屋子裡，眼見黑夜即將來臨，他們卻只能孤伶伶地待在這裡，而且路易絲不會再回來了。焦慮的感覺令人難以承受，蜜拉於是哀求起保母：「路易絲，這不好玩。妳在哪裡？」小女孩開始生氣了，她直跺著腳。路易絲等待著。她觀察這兩個孩子，猶如研究一隻剛釣上岸、奄奄一息的魚。這隻魚的鰓滲著血，身軀因為抽搐而顫動。牠在船板上跳動著，無力的嘴巴一張一闔地吸著氣。牠已經完全沒有存活的機會了。

蜜拉開始尋找路易絲的藏身之處。這孩子也懂得拉開門、掀起窗簾、彎下腰看床墊，可是路易絲實在瘦小，總是可以找到新的藏身處。她鑽進保羅書桌下的髒衣籃，或是壁櫥最深處，用被子蓋住自己。她也曾經偷偷進浴室，在一片漆黑之中躲進淋浴間，任蜜拉怎麼找就是找不到。她哭了起來，可是路易絲依然紋風不動。蜜拉的絕望挫折，並不會令她退讓。

然後，有一天，蜜拉不再尖叫了，結果路易絲就掉進了她的陷阱。她在路易絲的藏身處附近繞來繞去，假裝沒看見她，接著一屁股坐在髒衣籃上。路易絲覺得被悶住了，喘不過氣。小女孩低聲說：「我們講和吧？」

可是路易絲不願意認輸。她依然膝蓋抵著下巴，默不作聲地坐著。蜜拉雙腳輕輕地踢著這只柳條洗衣籃。「路易絲，我知道妳在裡面。」小女孩笑著說。此時，路易絲猛然站起來，小女孩嚇了一大跳，摔倒在地，一頭撞上浴室磁磚。這一下撞得蜜拉頭昏腦脹，於是哭了起來，不過面對重新出現眼前，並且擺出勝利姿態看著她的路易絲，她的恐懼轉變成某種狂喜。兩個女生大笑了起來，笑到差點岔氣。她們跳起快步舞。亞當跑進了浴室，加入她們的行列。

10

史蒂芬妮

史蒂芬妮八歲時，就知道怎麼換尿布和餵奶。她從嬰兒床抱起新生兒時，動作明快而確實，一隻手也會穩當地伸向新生兒脆弱的脖子下方。她知道要讓小寶寶仰睡，也知道千萬別搖晃他們。她幫小寶寶洗澡，手會牢牢抓著他們的小肩膀。新生兒的啼哭、尖叫；他們的歡笑與哭泣，是她這個獨生女成長時的搖籃曲。人們會因她對寶寶的疼愛而開心；也有人覺得她擁有絕佳的母性本能，以及屬於她那個年齡的女孩所罕見的奉獻精神。

當史蒂芬妮還是個孩子時，她的母親路易絲在家當保母，或甚至在傑克家（這個男人堅持要特別指出這一點）她也在當保母。早上時，那些媽媽會把孩子送到她們家。史蒂芬妮還記得這些既趕時間又悲傷的媽媽會把耳朵貼在門上。路易絲教她聽走廊上她們焦慮的腳步聲。有些媽媽生完之後，很快地回到職場。她們小心翼翼地將小嬰兒放在路易絲的臂彎中，還會把自己前一晚擠的母奶放在透明袋子裡交給路易絲。路易絲會將那些母奶收進冰箱。史蒂芬妮記得冰箱隔板上那一小瓶一小瓶貼有寶寶名字的母奶。一晚，她從床上起來，打開貼有居勒名字的母奶瓶——居勒是個滿臉紅通通的嬰兒。他的尖銳指甲抓傷了她的臉——接著一口氣喝光。史蒂芬妮怎麼樣也忘不了，那種腐壞甜瓜味與酸澀味，在她嘴裡殘留了好幾天。

偶爾在星期六晚上，她會陪媽媽到她眼中極為寬闊的房子裡當臨時保母。那些漂亮、有名望的婦人來到走廊上，在孩子的臉頰上留下口紅印。男人不喜歡在客廳等。他們會因為路易絲與史蒂芬妮在場而不自在。他們跺著腳，不時地傻笑；斥責了妻子幾句，接著便幫她們穿上大衣。婦人在出門之前，會蹲下身子，靠著高跟鞋的細跟維持身體平衡，然後擦乾孩子臉頰上的淚痕。「親愛的，別哭。路易絲會講故事給你聽，還會抱抱你。路易絲，對不對？」路易絲表示同意。她設法摟住那些死命掙扎、哭喊著要媽媽的孩子。史蒂芬妮有時真討厭這些孩子。他們打路易絲的方式、像小暴君一樣地對路易絲說話的方式，讓史蒂芬妮十分反感。

當路易絲哄小孩子入睡，史蒂芬妮便會翻抽屜、翻獨腳小圓桌上的盒子，還會從矮桌底下抽出主人收藏的相簿。路易絲會在屋子裡上上下下地清潔一番。她洗碗、用海綿擦流理臺；她將女主人出門前攤在床上，猶豫不知該選哪一件的衣服，全部整齊地摺好。史蒂芬妮老是跟她說：

「妳根本沒必要洗碗啊。過來和我一起坐吧！」可是路易絲就是愛那麼做。她喜歡觀察孩子的父母回到家時，發現自己雇臨時保母之外還附贈一個免費的清潔婦時，臉上所流露出的開心表情。

路維爾家，也就是路易絲服務多年的家庭，帶她們母女倆到鄉下別墅去。路易絲工作，史蒂芬妮則是在放假。只不過史蒂芬妮在那裡並不是和那些小主人一樣曬太陽、吃水果，也不能放縱一下或熬夜，或學騎腳踏車。她在那裡，是因為也沒有人知道該拿她怎麼辦。她的媽媽要她別引人注意，自己默默玩就好，別讓人家以為她趁機大撈好處。「儘管他們說，我們也有點像是在這裡度假，可要是妳玩得太開心，人家會誤會的。」在餐桌上，她會坐在媽媽旁邊，離主人和賓客遠遠的。她還記得當其他人一直聊、一直聊個沒完，她和媽媽則是低垂著眼，默默地大口吞下餐點。

路維爾家的人其實受不了史蒂芬妮的存在。因為，他們覺得不自在，而且這種不自在，幾乎不只是內心的感受而已。他們對這個穿著舊泳衣、表情木訥的笨拙女孩，懷有一種令他們自覺羞恥的反感。當她和小赫克托與坦逵德一起坐在客廳看電視，他們的父母就會忍不住面露慍色，而後總會找事情要她幫忙——「史蒂芬妮，要是妳乖的話，可以去幫我拿放在玄關的眼鏡過來嗎？」或是跟她說，她的媽媽在廚房等她過去。幸好路易絲不用路維爾一家人說，自己就先禁止女兒接近游泳池。

離開別墅的前一天，赫克托與坦逵德邀請鄰居一起玩他們的全新彈跳床。只比這些男孩年紀稍大的史蒂芬妮，在他們面前做了好幾個厲害的動作：驚險的跳躍、讓其他孩子興奮尖叫連連的翻跟斗。路維爾太太最後終於請史蒂芬妮下來，讓年紀比她小的孩子玩。她走近自己的丈夫，以一種憐憫的語氣對他說：「或許我們不要再提議讓她來了。她看到這些她無權擁有的東西，心裡一定很難受吧！」她的丈夫笑了，感覺如釋重負。

11

一整個星期當中，米麗安等著的就是這個晚上。她打開屋子大門。路易絲的手提袋放在客廳的扶手椅上。米麗安聽著童稚的聲音唱著歌。水面上有一隻綠色老鼠與幾艘小船；有東西在打轉，也有東西在漂。她踮著腳尖往前走近。路易絲跪在地上，對著浴缸彎下身子。蜜拉把她的俄羅斯娃娃浸在水中。亞當邊拍手邊唱歌。路易絲輕輕撈起水面上一團團的泡沫，放在孩子的頭上。兩個孩子看見泡泡帽子被保母吹掉，開心地哈哈大笑。

當米麗安坐在回家的地鐵上，那種迫不及待的心情，猶如熱戀中的女孩。她一整個星期沒見自己的孩子了。這一晚，她可是答應了自己，要全心全意地陪伴他們。他們要一起鑽進大床的被窩裡。她要呵他們癢，抱抱、親親他們，還要緊緊、緊緊地摟住他們，直到他們喘不過氣來；直到他們掙扎。

她躲在浴室門後，看著他們，接著深深地呼吸。她熱切地需要他們肌膚的滋養、需要親吻他們小小的手、聽見他們用尖銳的聲音喊她「媽媽」。突然之間，她傷感了起來。當媽媽就是會這樣啊！那讓她有的時候變得有點蠢。她能從平凡當中發掘出獨特，也很容易受到感動。

這星期以來，她每天都很晚回家。當她回到家，孩子都睡著了。在路易絲下班之後，她偶爾躺上蜜拉的小床，貼著女兒，聞她頭髮上那種化學草莓糖果的甜美香氣。這一晚，她會允許他們做平常禁止的事情。他們可以在被窩裡吃鹹奶油巧克力三明治。他們可以看卡通到很晚，才緊貼著彼此的身體睡覺。半夜，她的臉會遭他們拳打腳踢，她還會因為擔心亞當摔下床而睡不好。

孩子們從水裡出來，裸著身子跑進媽媽的懷抱。路易絲開始整理浴室。她用海綿擦洗浴缸。米麗安對她說：「不用，您別忙了。今天您一定忙壞了，可以回家好好休息了。」路易絲裝作沒聽見，蹲在地上繼續刷浴缸邊緣，收拾散落的玩具。

路易絲摺毛巾，把洗衣機裡的衣服拿出來，替兩個孩子鋪床。她把海綿放進廚房的一個櫥子裡，再拿出一只鍋子放在爐子上。米麗安無奈地看著路易絲忙。她試著向路易絲解釋：「我跟妳保證，我可以自己來。」她試著拿走路易絲手中的鍋子，可是路易絲的手心緊握住了鍋柄。她輕輕地推開米麗安，並且說：「您去休息吧！您應該很累了。好好地讓孩子陪陪妳，我要來替他們準備晚餐了。妳甚至會看不見我的。」

她說的是真的。時間愈是過去，路易絲愈是善於變得既讓人看不見又不可或缺。米麗安不需再打電話提前通知自己會晚回家，蜜拉不再問媽媽什麼時候回來。路易絲就在那裡，一個人獨力撐住這棟脆弱的建築。米麗安同意讓自己成為被母親照顧的孩子。每多過一天，她就多放掉一點自己的工作給那個心懷感激的路易絲。這位保母就如同舞臺劇中的那些黑色身影。他們在黑暗中搬動舞臺布置，抬起一張沙發，一手推開一根紙柱子、一面牆。路易絲低調而強力地在幕後忙碌著。她手裡正拉著透明的絲線，若是沒有這些絲線，魔術就變不成了。她是毗濕奴，那位印度的生育之神，善妒又能提供保護。她是那頭有乳房的母狼，讓他們前來喝她的奶水；她是他們家庭幸福的泉源，而且永不枯竭。

人們看著她，卻發現自己看不見她。她是親密卻不曾熟悉的存在。她到得愈來愈早，離開得愈來愈晚。有一早，當米麗安從浴室出來時，發現自己竟光著身體站在路易絲的面前，而路易絲連眼睛都沒眨一下。米麗安安慰自己：「她不會對我的身體怎麼樣的。她又沒有窺看別人隱私的癖好。」

路易絲鼓勵他們夫妻多多出門。「你們得好好把握年輕時光。」她總是一貫地這麼說。她的建議，米麗安聽進去了。她覺得路易絲真是好心又聰明。有一晚，夫妻倆到保羅剛認識的一位音樂人家裡參加派對。那是位於第六區的某間公寓閣樓，客廳狹小，天花板很低，大家都得彼此挨著身子才行。整個小空間裡氣氛愉悅，沒多久，大家開始跳起舞來。音樂家的妻子（一名身材高大、搽著紫紅色口紅的金髮女郎）把大麻傳給大家輪流抽，並且在一杯杯冰過的杯子裡倒入伏特加。米麗安和別人聊著天。對方是誰，她其實不認識，可是她仍然開心地放聲大笑。她在廚房的流理臺上坐了一小時。在凌晨三點之時，所有的客人喊著肚子餓，那位美麗的金髮女郎於是替大家做了磨菇蛋捲。大家直接拿著叉子，低頭就著鍋子吃了起來。叉子撞著鍋子，發出了「鏘鏘」的聲響。

保羅與米麗安於凌晨四點左右回到家時，看見路易絲雙手交疊，膝蓋抵著胸部，蜷著身子睡在沙發上。保羅輕輕地替她蓋了張毯子。「別叫醒她。她似乎睡得很沉。」從這一天開始，路易絲一個星期會有兩三次在他們家過夜。雖然從未明講，也沒人主動開口談起，但路易絲就是耐心地在這間屋子裡，築起自己的巢。

保羅有時候會擔心路易絲工作超時。「我可不想她有一天指控我們剝削她。」米麗安向保羅承諾會親自解決這件事。平素相當正直、嚴肅的她，責怪自己之前竟沒有先出手處理。她要跟路易絲彼此坦承，弄個清楚明白。米麗安一方面覺得尷尬，一方面卻又暗自開心，因為路易絲硬是要做那些家務，而且許多事情不用開口她就做好了。米麗安總是不好意思地頻頻向路易絲道歉。當她晚歸，她會說：「對不起，我太濫用了您的好心。」路易絲則總會回答：「我在這裡就是為了這個呀，您別擔心。」

米麗安經常給她禮物：在地鐵出口的一家便宜商店買的耳環，或是一塊柳橙磅蛋糕——路易絲喜歡什麼，米麗安就只知道這個而已。她把不再穿戴的東西送給路易絲，然而她一直都在想，這樣的舉動其實有侮辱的意味存在。米麗安會設法避免傷害路易絲的感受，也會避免引她難受或嫉妒。當她逛街買了自己或是兩個孩子的衣服，會把新衣服藏在一只老舊的環保布包裡，還會特地等路易絲離開才打開。保羅大為讚許米麗安如此體貼的表現。

12

米麗安與保羅身邊的人，最後都知道了路易絲這個人。有的人在保羅家或是附近遇過她。而有的人，只是聽說過這個自童話故事現身的神仙保母有哪些厲害的本領。

「路易絲的晚餐」變成了一種傳統，成了一個深受米麗安與保羅的友人歡迎的聚會名稱。路易絲知道每個人的口味。她知道艾瑪深奧的蔬食思想背後隱藏的是她的厭食症。至於保羅的弟弟派提克，酷愛肉食與菇類。保羅家的晚餐聚會通常辦在星期五，當天，路易絲從下午便開始烹煮所有食物，而兩個孩子就在她的腳邊玩。她把屋子收拾乾淨，插一束花把餐桌布置得漂漂亮亮；她甚至穿越整個巴黎市，就為了採買幾公尺的布織成桌巾。當餐具都擺放妥當、醬汁收乾、葡萄酒也已倒出，她便偷偷離開保羅家。有時，她會在樓房大廳或地鐵出口遇見當晚的客人。他們一隻手撫著肚子、脣上掛著口水，對著路易絲會心一笑。對於他們的稱讚，路易絲總是害羞以對。

有一晚，保羅堅持要路易絲留下來。因為這一天對保羅夫妻而言，是非比尋常的一天。「有許多事情值得慶祝！」米麗安說，巴斯卡把一樁非常重要的案件交給她，而她憑藉著靈活且積極的辯護技巧，很有希望打贏這場官司。保羅也相當開心，因為一個星期前，當他在錄音間忙著處理音訊時，一位知名歌手進來了。他們長談了數小時，聊他們的共同興趣、他們想像中的編曲、他們可以取得的厲害器材，最後，那位歌手提議讓保羅替他製作下一張唱片。保羅很肯定地說：「有的時候就像這樣，一切都很順利。得要懂得好好把握呢！」他抓住路易絲的肩頭，微笑地看著她：「不管妳答不答應，總之，今晚，您就和我們一起吃飯吧！」

路易絲躲進兒童房裡。她久久地躺在蜜拉身旁，輕撫著這孩子的頭髮與太陽穴。在小夜燈的藍色光線之中，她觀察著亞當那張神情放鬆的小臉蛋。她沒法下定決心走出房間。她聽見大門開了，笑聲從走廊上傳來。有人開了一瓶香檳。有人把一張扶手椅推到牆邊。路易絲在浴室裡梳順了髮髻，同時在眼皮上塗抹淡紫色的眼影。米麗安則從不化妝。這一晚，她穿了一件直筒牛仔褲，套上保羅的襯衫，並將袖子捲起。

「我想你們倆不認識吧？巴斯卡，這是我們的路易絲。你知道大家都很羨慕我們有路易絲呢！」米麗安摟住了路易絲的肩膀。路易絲微笑著，轉過了身子。米麗安的親密動作令她有些不自在。

「路易絲，這是我老闆巴斯卡。」

「妳的老闆？別開玩笑了，我們是一起工作的同事。」巴斯卡發出宏亮的笑聲，握住了路易絲的手。

路易絲坐在沙發一角，搽上指甲油的手指，緊抓著她的那杯香檳。她很不安；如同一個外國人、一個流落異鄉的人聽不懂周遭人所使用的語言時，那般地不安。她與矮桌這頭那頭的賓客交換尷尬且親切的微笑。有人為米麗安的才能、保羅的那位歌手（有人甚至哼起了他的歌曲）而舉杯。他們聊他們的職業、恐怖主義、房地產。派提克說起他的斯里蘭卡假期計畫。

坐在路易絲身旁的人是艾瑪。她對路易絲聊自己的小孩。這個話題，路易絲就能聊了。艾瑪對眼前這個令人安心的路易絲坦露心中的擔憂。而這個保母一再地重複：「這個我見多了，別擔心。」艾瑪有許許多多的憂慮，可是沒有人能聽她說。她於是羨慕起米麗安有這個仁慈而善體人意的保母可以信任。艾瑪是個溫柔的女人，可是她一直扭絞的雙手洩漏了她的隱藏性格。她雖然笑容可掬，卻是個善嫉的人。她愛漂亮，卻也極度自卑。

艾瑪住在第二十區，也就是將所有棚戶區改建成有機生活托兒所的那一區。她住在一間小屋子裡；屋內裝飾的品味讓人一進入便覺不自在。她那擺滿了小玩意兒與靠墊的客廳，與其說是令人放鬆，不如說是有招引別人妒嫉的意圖。

「附近的小學實在有夠糟糕。那些學生會往地上吐口水。當你經過他們面前，就會聽見他們罵彼此是『妓女』或是『變態』。我並不是說私立學校的學生不會說『混蛋』，不過您一定不會相信，他們可是會用不同的方式說。至少他們知道彼此間說話的分寸。他們知道哪些字不應該說。」

艾瑪甚至聽說，在她住的那條街上的公立學校，居然有家長會送穿睡衣的孩子上學，而且還遲到超過半小時。她還聽聞，有一個戴面紗的回教媽媽拒絕和校長握手。

「說來就令人難過。我們歐登班上，很可能只有他一個白人。我知道不該放棄公立學校資格，但要是有一天，他放學回家以後，不但會祈禱，講的還是阿拉伯語，我想我應該會很受不了。」米麗安對她笑了笑。艾瑪又說：「妳一定懂我的意思吧？」

他們笑著站起身，往餐桌去。保羅讓艾瑪坐自己旁邊。路易絲連忙進廚房。當她手裡端著盤子走進客廳之時，迎接她的是大家的讚嘆聲。保羅以過於高亢的聲音打趣著說：「她臉紅了。」在接下來的幾分鐘裡，路易絲成了大家注意的焦點。「這醬汁她是怎麼做的啊？」、「放薑實在是妙啊！」所有客人誇獎著路易絲的表現，而保羅也在說起她的時候，稱呼她為「我們家保母」，就如同在跟別人說起家中的孩童與老人家一樣。保羅開始倒酒，而話題的層次也快速超越了世俗食物。大家愈來愈大聲說話。他們在盤子上撚熄香菸，菸屁股在殘餘醬汁表面漂浮著。沒有人注意到路易絲起身進了廚房，認真地刷刷洗洗。

米麗安惱怒地看了保羅一眼。表面上，她像是被保羅的笑話逗笑了，可實際上，喝醉酒的保羅老是令她惱火。他會變得下流、愚蠢，而且不切實際。只要他一喝多，就會邀約討厭的人，或是亂開空頭支票，有時甚至會撒謊。只是他似乎沒有察覺到妻子的憤怒。他打開了另一瓶酒，敲著桌邊，宣布著：「今年，我們要帶保母一起去度假！得享受一下人生，對吧？」路易絲手裡捧著一疊餐盤，微笑了。

隔天早上，保羅醒了，身上襯衫皺巴巴的、嘴唇還有葡萄酒的紅色殘漬。在蓮蓬頭底下沖著水的同時，關於昨夜的記憶開始斷斷續續地浮現。他記起自己提議了什麼，以及妻子陰沉的視線。他自覺很蠢，而且已經開始覺得煩了。這個錯誤得彌補才行。還是裝作什麼都沒說過，而後忘記，讓這件事隨著時間過去好呢？他知道米麗安會笑他發酒瘋胡亂承諾。她會責怪他是如何不合邏輯地處理金錢，還有對路易絲的態度過於隨便，不顧她的感受。「都是你！她一定會很失望，可是她這麼善良，一定不敢說出口。」米麗安會把家裡的帳單丟到他面前，要他實際點。最後，她會下的結論是：「你每次喝多了就是這樣。」

可是米麗安臉上完全看不出生氣的樣子。她抱著亞當，躺在沙發上，一看見丈夫，便給他一個溫柔而迷人的笑容。她身上穿著一件過大的男性睡衣。保羅在她旁邊坐下，在她的頸子旁喃喃地說喜歡這歐石南的香味。她問保羅：「你昨天是說真的嗎？你想，我們今年夏天可以帶路易絲一起度假嗎？」她又說：「我們終於可以有真正的假期了。路易絲也一定會很開心的，畢竟她還能有什麼比這更好的事可做呢？」

13

天氣太熱了，路易絲半開著旅館房間的窗。酒鬼的叫聲以及車輛嘎吱刺耳的煞車聲，並沒有吵醒正呼呼大睡的亞當與蜜拉。兩個孩子睡得嘴巴開開的，一隻腳伸出了床外。他們預計在雅典停留一夜。為了省錢，路易絲和兩個孩子擠一間小房間。他們笑鬧了整晚，很晚才睡覺。亞當很開心，他在雅典的石板路上跳舞，幾個老人看他的舞步看到入迷，還給他鼓掌。太陽熾熱，兩個孩子也抱怨連連，但他們仍然在這個城市中走了一下午。路易絲並不喜歡這個城市。她的心裡只念著明天要前往的那幾座島。米麗安曾經給孩子們講過關於那幾座島的傳說與神話。

米麗安不大會說故事。她念複雜字詞的發音方式讓人有點抓狂，而且她每說完一句話，就會問：「了解嗎？」、「懂嗎？」可是路易絲依然如同一個認真的學生，專注聽著宙斯與戰爭女神的故事。她和蜜拉一樣，喜歡縱身投入那片海洋的埃勾斯[5]，而她也將生平第一次搭著船渡過這片因埃勾斯而得名的愛琴海。

一早，她得把蜜拉拉下床。當路易絲替她換衣服時，這孩子還在睡。搭著計程車往港口的路上，路易絲試著回想那些古老神祇，可是卻什麼也想不起。她全都忘了。她想，真該先把那些人物的名字全記在那本花卉封面筆記本裡，這樣就可以一路上慢慢地回想了。港口入口處，車子塞得嚴重。警察試著管制交通。氣溫變得很高，蒸得坐在路易絲膝頭上的亞當滿身大汗。一塊一塊巨大的電子路標指示著開往島嶼的船隻停泊處，可是保羅完全看不懂。他生氣了，整個人焦躁了起來。計程車司機聳聳肩，一臉認分地迴轉。他不會說英文。保羅付了他車資之後，一行人下了車，拖著行李與亞當的嬰兒車，趕忙跑向碼頭。一名船員正準備拉起甲板，看見了這狼狽且茫然的一家人，於是大大地打了個手勢。他們運氣不錯。

才剛坐上船，兩個孩子（亞當在媽媽的懷裡，蜜拉枕著爸爸的膝蓋）立刻進入夢鄉。路易絲想要欣賞這片海洋，看看那些島嶼的輪廓。她登上了甲板。一個女人仰躺在一張長椅上，她穿著兩截式泳衣：細薄的泳褲、勉強包住胸部的粉紅色束帶胸罩。一頭白金色的頭髮，髮絲極為乾燥。不過，更令路易絲訝異的是她的皮膚，不但呈現紫色，還有密密麻麻的大塊棕色斑點。無論是大腿內側、雙頰、乳溝上方，一處處因水泡破皮而露出紅色真皮部分，肌膚就像是遭到了燒燙傷。一動也不動的她，看上去如同一具被剝皮的屍體，準備公開展示給大眾。

路易絲開始暈船。她大口大口地深呼吸，閉上眼又張開了眼，還是沒辦法壓制住暈眩感。她無法走動，在離船舷有一大段距離的長椅上，她背對著甲板坐著。她想要看海，記住這片海洋，還有遊客手指著的白色海岸島嶼，也想將那些在海上下錨的帆船以及潛入水中的細瘦身形銘刻於心。她雖然想，可是她吐了。

陽光愈來愈炙熱，現在，愈來愈多人看著那個躺在長椅上的女人。她戴上了眼罩。想必是因為風吹拂著，讓她聽不見那些吃吃的笑、那些評論、那些耳語。路易絲的眼睛也無法從這個汗水淋漓的瘦削身軀移開。接受太陽燒灼的那個女人，就像是擱在火炭上的肉塊。

5 希臘神話中的雅典國王。在兒子忒修斯前往克里特島殺死怪物之前約定好，如果成功殺死怪物，船隻就改掛白帆；若失敗身亡，船隻便如啟航時高掛黑帆。忒修斯雖然成功殺死怪物，但卻忘記與父親的承諾。在海邊等著兒子返航的埃勾斯，在看見黑帆時，悲痛地跳海自盡。而那片海洋因而得名為愛琴海（意為埃勾斯海）。

14

保羅在一間漂亮的出租公寓裡租了兩個房間。這間公寓位於島嶼的高處，俯瞰著一片孩童經常造訪的海灘。太陽逐漸西沉，一片粉紅色的光線籠罩著海灣。他們朝市鎮中心——阿波羅尼亞的方向走去，沿著兩旁長著仙人掌與無花果的道路走。在一座懸崖的盡頭處，一間修道院迎接著身穿泳裝的觀光客。眼見的風光美景、筆直巷路的寧靜、貓兒伏著熟睡的小廣場，在在令路易絲深深感動。她雙腳懸空地坐在一面矮牆上，注視著一個老婦人清掃對門庭院。

太陽沉入了大海，然而天色不見昏暗。日光只不過添上了粉筆畫的色調，風景的細節依然明晰。一座教堂屋頂上的大鐘輪廓。一個半身石雕像的鷹嘴狀側影。大海與荊棘叢生的海岸，像是左右延展、沉浸於懶洋洋的昏沉之中，在緩緩地將自己奉獻給黑夜之時，仍欲拒還迎。

哄睡孩子之後，睡不著的路易絲坐在從房間延伸出去的露天平臺上。從那裡，她可以觀察那片圓形海灣。夜晚時，風開始吹起。路易絲從這陣海風之中，嗅聞出了白鹽與烏托邦的氣息。她直接睡在平臺的躺椅上，一條披巾就是她的薄毯。黎明的寒冷喚醒了她，面對白日呈獻給她的景象，她差點叫了出來。那是一種純粹、簡單、一目了然的美。一種所有人都能心領神會的美。

兩個孩子也醒了。他們興奮不已，嘴裡念著的都是大海。亞當想在沙灘上打滾，蜜拉想要看魚，兩人一吃完早餐便立刻向下跑到了沙灘。路易絲穿著一件寬大的橘色長袍；這件風格類似北非附風帽的長袍，讓米麗安看了莞爾一笑。這件長袍是多年以前路維爾太太給的。在給路易絲之前，她解釋說：「啊，您知道的，這件我常穿。」

孩子都準備好了。她替他們塗抹防曬乳之後，他們便向沙灘進攻。路易絲靠著一面石矮牆坐著。在松樹的樹蔭下，她曲膝觀察著陽光在海面上灑下的點點波光。她從沒看過有什麼比這更美的了。

米麗安趴著讀一本小說。至於保羅，他在早餐前慢跑了七公里，此刻正打著盹。路易絲用沙子堆出了城堡。她耐心地一再離出一隻亞當老是故意破壞的巨大烏龜。蜜拉受不了熱氣，於是拉著路易絲的手臂。「路易絲，來，我們下水吧！」保母拒絕了。她要蜜拉等一等，要她先繼續坐著。「可以幫我做完我的烏龜嗎？」她給小女孩看龜甲上精心擺上的貝殼。那些貝殼全都是她撿來的。

松樹樹蔭已經不足以為她們遮陽了。熱氣逐漸難耐。路易絲渾身是汗，面對小女孩的懇求，再也沒有反對的理由了。蜜拉牽了她的手，可是路易絲不願意站起。她一把抓住小女孩的手掌，用力一推，力道之猛，讓蜜拉摔倒在地。路易絲大喊：「妳不能放開我嗎！」

保羅睜開了眼睛。米麗安衝向了哭泣的蜜拉，安慰她。他們看路易絲的眼光之中帶有憤怒與失望。這個保母慚愧地往後退了幾步。正當他們要路易絲給個解釋，路易絲緩緩地低聲說著：「我沒有跟你們說過，我其實不會游泳。」

保羅與米麗安無語了。他們向蜜拉打了個信號，要開始大笑的蜜拉閉嘴。蜜拉嘲笑起路易絲：「路易絲是個小寶寶，連游泳都不會呀！」保羅聽了十分尷尬，進而惱羞成怒。他怪路易絲把她的貧苦和脆弱一併帶來這裡；怪她那張受難者的面孔壞了他們這一天的興致。他帶孩子去游泳，米麗安又重新讀起了書。

路易絲的憂鬱毀了這個早晨。在小飯館的餐桌上，誰也沒說話。飯菜都還沒吃完，保羅就突然站起，抱起亞當走去海灘的紀念品店。當他走回來時，因為沙子燙腳，所以腳步蹦蹦跳跳的。他將手上拿著的一小包東西伸到路易絲與米麗安面前揮動。「拿去吧！」他說。兩個女人沒有應聲。當保羅將一只游泳臂圈套上路易絲的手肘上方，她溫順地伸長了手臂。「妳真的瘦到連戴兒童游泳臂圈都戴得下了。」

15

整個星期，保羅帶著路易絲去游泳。兩人同時起得早。在米麗安與孩子們待在租借公寓的泳池邊之時，路易絲與保羅便會走下尚無人跡的海灘。當兩人一踩上潮溼的沙子，便會互相牽著手，以前方的水平線為目的地，在水中走上許久。他們往前一直走著，直到雙腳緩緩地離開了沙子，身體開始漂浮。在那當下，路易絲總會感受到一股自己難以隱藏的驚慌。她會輕輕叫一聲，提醒保羅把她的手抓得更緊一點。

開始的時候，要觸摸路易絲的皮膚令保羅很尷尬。當他教她仰漂時，得一隻手撐住她的後頸，另一隻手則是撐住臀部。一個愚蠢的想法忽然閃過他的腦海，他在心裡暗自笑著：「路易絲也有屁股啊！」事實上，路易絲有個在保羅手中顫抖的身體。這是個保羅——那個將路易絲歸在孩童或員工等級的保羅——從未見過也不曾意識到的身體。可以確定的是，保羅並沒有注意過她，然而路易絲的外表並不令人討厭。此時這個保母，只要保羅鬆開了手，就會像個小洋娃娃地往下沉。幾綹金髮從米麗安買給她的泳帽邊緣探出。微微曬褐的肌膚，突顯出她鼻子與雙頰上的雀斑。保羅第一次注意到她的臉上有著細薄的金色汗毛，看上去就像初生雛雞身上所覆蓋的絨毛。只是路易絲這個人有正經與孩子氣的特質，還有某種衿持，這使得保羅無法對她抱持著如慾望一般直白坦率的情感。

路易絲看著探進沙子中的雙腳。沖上來的海水舔舐了她的腳。在船上的時候，米麗安對他們說，錫夫諾斯島過往的榮景全歸功於島嶼底下蘊藏的金銀礦。路易絲於是以為，海水中、岩石上，她所看到的閃動亮光，是貴金屬的閃爍。清涼的海水包住了她的大腿。再一會兒，她的私密處也浸入了水中。這片半透明的海洋十分寧靜，沒有波浪突如其來地撲向她，並在她的胸上散成噴濺的水花。有幾個娃兒坐在岸邊，他們的父母平靜地注意著他們。當海水深及腰際，路易絲覺得自己無法呼吸。她注視著頭上耀眼、不真實的藍天，摸了細瘦臂上套著的、繪有一隻龍蝦與一隻北螈的黃藍臂圈。她直直望著保羅，一臉哀求。保羅向她保證：「您不會有事的。只要您有腳，就不會有危險。」可是路易絲怕得全身僵硬。她覺得自己的身體即將失去平衡；她即將會陷入水深之中，在水面下用力伸直了頭，雙腳空踢，直到精疲力盡。

她記起童年時，一個同班同學掉進了村口的一處池塘。那一小片泥漿水散發出的氣味令人作嘔。不管父母怎麼禁止，也不管被死水所吸引而來的蒼蠅，小孩仍是去那裡玩。此時，沉浸在愛琴海的藍色之中，路易絲回想起了那片黑色腥臭的水。那個孩子被找到的時候，臉朝下埋在爛泥漿之中。眼前，蜜拉拍著腳，在水上漂浮著。

16

此時，喝醉的三個人爬上了石階，往鄰接孩子房間的那片露天平臺而去。他們笑成一團，而路易絲在面對不時突然變高的階梯時，總是勾著保羅的手臂走。她喘過氣來，坐在朱紅色的九重葛底下往下望著海灘。海灘上，一對對年輕情侶邊喝著雞尾酒邊跳舞。酒吧在沙灘上舉辦了一場派對，掛著「滿月派對」的布條。保羅翻譯給她聽，說那意思就是指這場派對是為了橙黃色的滿月所舉行的。大家有一整晚的時間可以欣賞、評論這滿月的美。路易絲從沒見過這樣美得值得上天去摘的月亮。一個不見清冷、灰暗的月亮，如同她童年時的月亮。

他們坐在高處的餐廳露天平臺上，凝視著錫夫諾斯島的海灣與顏色紅如火山熔岩的夕陽。保羅要路易絲看天上那幾朵形狀如蕾絲的雲朵。當路易絲發現一旁的遊客紛紛拍下了照片，她也舉起手機想要起身時，保羅的手輕輕地壓住了她的手臂，讓她坐下。「那樣沒有意義的。最好還是把這個景象留存在您的心裡。」

這是第一次三個人共進晚餐。住宿公寓的房東提議幫忙照顧與自己孩子年齡相仿的蜜拉與亞當。幾個孩子其實從保羅一家投宿起便形影不離。房東突如其來的提議，讓米麗安與保羅頗為意外。路易絲一開始當然也拒絕了。她說，她不能放孩子單獨在公寓裡，還說她該哄他們睡覺，因為那是她的工作。房東操著彆腳的法語說：「他們游了一整天的泳，一定很好睡。」

他們有點彆扭地走向那家餐廳。誰也沒開口。餐桌上，他們比平常喝了更多的酒。對米麗安與保羅來說，這頓晚餐頗令他們煩惱。三個人之間要聊什麼？有什麼事可說？不過，夫妻倆說服自己，這總是一件值得的好事，而且也能讓路易絲開心。「讓她覺得我們看重她的工作，了解嗎？」於是，他們說起孩子、風景、隔日的海水浴、蜜拉游泳更進步了，隨後便聊起天來了。路易絲想要和他們聊。隨便聊什麼都好，聊她經歷過的事情，可是她不敢。她深深吸氣，把臉往前湊，準備說些什麼，最後又還是默默地將身子往後退了。他們喝著酒，而橫亙的靜默也變得平和、慵懶。

坐在路易絲身旁的保羅，伸手朝她的肩膀一攬。烏佐酒[6]令他變得快活。他大大的手緊摟著她的肩膀，像對一個老朋友、一個一輩子的好哥兒們地對她微笑。她開心地注視著這個男人的臉

6 Ouzo，一種茴香味開胃酒。被視為希臘國酒。

龐：他那曬成褐色的肌膚、大而潔白的牙齒、讓海風與鹽巴漬成金黃的頭髮。他輕輕搖了搖她，如同對待一個害羞或憂愁的朋友、一個我們希望她放鬆或是好好照顧自己的朋友所做的那樣。要是她敢的話，她會把手放在保羅的手上，用她纖瘦的手指纏握住他的手指。可是她不敢。

保羅的自在不拘令她著迷。他對服務生開玩笑，結果對方送他們一杯開胃酒。才沒幾天，他就學會了足夠讓商店老闆開心或是給折扣的希臘話。很多人都認得他。在海灘上，其他的孩子也只找他玩，而他也總是順著那些孩子的意。他背起他們，與他們一起跳進海裡。他吃飯時的胃口特好。米麗安看起來似乎不大高興，可是路易絲認為這種驅使他點了菜單所有餐點的貪吃特性，很令人感動。「來點這個試試看吧？」他手抓著肉塊、甜椒或是乳酪，帶著天真的喜悅，大口囫圇吞下。

一回到旅館露天平臺，三人掩著嘴噗嗤地笑著。路易絲伸出食指，比出了「噓」。可別吵醒小孩呀！這瞬間閃過的責任感，突然令他們覺得滑稽了。一整天，他們嚴格注意維持孩子對他們的尊重，然而此刻卻是扮演起了小孩。這一晚，有那麼一絲不尋常的隨興吹拂著他們。醉意，幫助他們抒發了累積的焦慮，也抒解了兩個孩子在他們之間——夫妻之間、母親與保母之間——所加諸的緊張。

路易絲明白這一刻有多麼地短暫易逝。她清楚看見保羅熱切地直盯著妻子的肩膀。天藍色的洋裝，襯得米麗安的膚色更顯金黃。夫妻倆開始跳舞，只不過舞步搖搖晃晃，動作很笨拙，完全放不開來。米麗安開始吃吃傻笑，彷彿已經很久沒有人這麼摟住她的腰；彷彿自己如此被人渴望有些好笑。她將臉頰貼住了丈夫的肩頭。路易絲知道他們會停下舞步，道晚安，裝出睡意濃濃的模樣。她好希望留住他們，用身體攀住他們，用指甲摳抓石頭地面。她好想用鐘型罩罩住他們倆，讓他們如同兩個黏在音樂盒底座、面帶微笑但身體固定不動的舞者。她想，自己可以一直一直地看著他們，怎麼樣都不會厭倦；也可以就只是在陰影中看著他們生活，好令一切得以完美，整個成員組織架構能夠永遠運作順暢。就在這一刻，她的內心有著深切的信念；一種炙熱而痛苦的信念：她堅信自己的幸福是屬於他們的。她屬於他們，如同他們屬於她。

保羅開心地笑了。他的脣埋進妻子的頸間，喃喃地說著話。他說什麼，路易絲聽不見。他緊緊握著妻子的手，兩人如同乖順的小孩，向路易絲道晚安。路易絲目送他們走上通往他們房間的石階。兩人藍色的身形線條逐漸模糊，而後消失。門關了，窗簾也拉上了。路易絲開始沉陷於一場猥褻的幻想之中。她聽見了。儘管她不想、她抗拒，可還是聽見了。她聽見米麗安的貓叫、她那洋娃娃的呻吟。她聽見了床單窸窸窣窣、床頭撞擊著牆壁。

路易絲睜開眼。亞當正在哭泣。

17

羅絲·坎伯格

坎伯格太太描述那次搭乘電梯的經過，已經不下百次。在一樓短暫等候之後，從一樓搭到六樓。這段路程少於兩分鐘，但這兩分鐘，卻成為她這輩子最感心痛的時刻。那是命中註定的時刻。她一再一再地說，自己原本可以改變整件事發生的經過。要是她能夠更加注意路易絲散發出的氣息就好了。要是她沒有為了睡午覺所以關上窗戶、拉下百葉窗就好了。她會打電話向女兒哭訴那些想法，而她的女兒安慰不了她。警察會因為她把自己想得太重要了，而覺得厭煩，而她會因為他們冷冷地說：「反正，您也改變不了什麼。」所以哭得更厲害。她還會把那些想法哭訴給她覺得高傲且草率的控方律師聽，並在被傳喚出庭作證時，在法庭重述一遍。

她每次都會這麼說：路易絲和以前不一樣了。原本笑容可掬、客氣的她，在玻璃電梯門前僵著不動。亞當坐在樓梯上尖聲大叫，蜜拉則是推開弟弟的身體從樓梯上跳下來。路易絲一動也不動，但是下脣微微地顫抖。她雙手交握，低垂著眼。從不曾看過她像當時那樣，對孩子的吵鬧聲似乎無動於衷。向來在意鄰居和規矩的她，竟然沒和兩個孩子說話。她像是沒聽見他們的聲音。

坎伯格太太很欣賞路易絲，她甚至很佩服這個優雅的女人能夠把小孩照顧得無微不至。那個名叫蜜拉的小女孩，頭上總是梳著綁緊的辮子或是用個蝴蝶結固定住的髮髻。亞當看起來很愛路易絲。「既然她幹了那件事，或許我就不應該這麼說，可是，那時我心裡其實在想，他們運氣真好。」

電梯下到了一樓。路易絲抓住亞當的領子，把他拉進了電梯間。蜜拉哼著歌，跟在他們後頭。坎伯格太太猶豫著是否要和他們一起搭上樓。在幾秒鐘當中，她自問該不該假裝走回大廳去查看信箱。路易絲蒼白的神色讓她不舒服，她擔心那六層樓的距離會像是長得永無止境。可是路易絲替鄰居太太擋著門，這個鄰居太太只好進了電梯。她把身體往電梯壁貼，並且把購物袋擺在腳邊。

「她看起來像是喝醉了嗎？」

坎伯格太太很肯定，當時的路易絲看起來很平常，沒什麼特別的。要是有那麼一秒，她能想得到的話，就不會讓路易絲和孩子一起上樓了……那個灰頭髮的女律師取笑她，並提醒法庭，羅絲・坎伯格有眩暈的毛病，還有視力問題。這個即將滿六十五歲的前音樂老師，眼睛早已經看不見什麼東西了。不只如此，她還像鼴鼠一樣，生活在黑暗的空間當中。強烈的光線會引發她劇烈偏頭痛，所以她才關上百葉窗、所以她才什麼都沒聽見。

坎伯格太太差點就在法庭上痛罵這個女律師一頓。她真想打碎她的下巴讓她閉嘴。難道她不覺得自己很可恥？不覺得自己太過分了？打從審判的第一天起，這個律師把米麗安說成一個「總是缺席的母親」，一個「剝削員工的雇主」。她所描述的米麗安，充滿盲目的野心、自私而又冷漠，以致於把可憐的路易絲逼瘋。一名在場的記者向她解釋沒有生氣的必要，因為那只不過是「辯護的技巧」罷了。可是羅絲・坎伯格覺得這種「技巧」噁心、低級，就這樣，沒什麼好說的。

*

整棟大樓裡沒有人談論那件事，可是坎伯格太太知道大家一定都想著那件事。她知道每到深夜時分，在每一層樓，會有眼睛在黑暗之中睜著；會有心臟激動地跳著；會有淚水一滴滴地滑落。她知道會有身軀輾轉反側，無法入眠。住四樓的那對夫妻已經搬走了。當然，馬塞這一家人再也沒有回來過。至於坎伯格太太，她無視於幽魂與縈繞著那聲尖叫的回憶，仍是繼續住了下來。

那一天，她午覺醒來之後拉開了百葉窗。在那當下，她聽見了那聲尖叫。大部分的人一輩子都沒聽過那樣的尖叫。那是我們在戰爭之時，在另外的世界裡，在不同的陸地上、在戰壕之中所發出的叫聲。那不是屬於這個世界的尖叫。那聲尖叫一口氣持續了至少十分鐘之久，並且毫無摻雜任何語言。那聲尖叫轉為嘶啞，並且逐漸充滿了鮮血、鼻涕與憤怒。她最後唯一能夠說出口的，是「叫醫生」這幾個字。她沒有求援，也沒有叫「救命」，而是，在她難得意識恢復清醒的時刻之中，重複念著：「叫醫生。」

慘劇發生的一個月前，坎伯格太太在路上遇見了路易絲。這個保母一臉煩憂，並且向她說起自己金錢上的煩惱、累積的債務、一直出現赤字的戶頭，還有房東的騷擾。她說話的樣子，就像顆逐漸消氣的氣球，而且消氣的速度愈來愈快。

坎伯格太太假裝沒聽懂她的問題，只是壓低了下巴，說：「現在大家日子都不好過呢！」路易絲抓住了她的手臂。「我不向人乞討。我晚上或是一大清早都可以工作。當孩子都睡著的時候，我可以打掃、熨燙衣服，全聽您的吩咐。」要是她的手沒抓得那麼緊，要是她那對黑色眼睛沒有牢牢盯住她的眼睛，像是辱罵或是威脅，羅絲．坎伯格或許就會答應。不管警察怎麼說，她原本可以讓一切有所不同的。

18

飛機起飛耽擱了太久，當他們飛回巴黎時已經過了傍晚。路易絲鄭重地向孩子道別。她久久地親著他們，將他們緊緊地摟在懷裡。「星期一見。對，星期一。如果您們需要什麼，就打電話給我。」她對快步進入電梯，想要到機場停車場的保羅與米麗安說。

路易絲走向近郊鐵路站。車廂裡空蕩蕩的。她背靠著車窗坐著，詛咒起眼前的景象、逗留月臺上的那群年輕人、光禿禿的建築、陽臺、表情不友善的安全人員。她閉起眼睛，回想著希臘海灘、夕陽、面海的晚餐等等記憶。她召喚出這些記憶，有如神祕論者欲召喚出奇蹟。當她打開套房的門，雙手開始顫抖。她想要撕破沙發套、一拳打向玻璃窗。一種未成形的稠液與某種疼痛，灼燒著她的內臟，她難以克制地呼喊了起來。

星期六早上，她在床上待到了十點。她雙手交叉胸前地躺在沙發上，注視著綠色吊燈上堆積的灰塵。她這個人才不會選這麼醜的東西。這間套房出租的時候，本來就附家具，而她也沒有改變過裡頭的任何裝飾。她的丈夫傑克過世後，她被趕了出門，必須找個住處才行。經過幾個星期的流浪徘徊，她需要一個小窩。這間位於克埃特爾的套房，是透過一個亨利蒙多醫院的護理師幫忙找的。那個年輕女人很喜歡她。她向路易絲保證房東收的押金低廉，還可以接受現金支付。

路易絲起身，將一把椅子推到吊燈正下方，接著拿了一塊抹布，開始認真擦著那盞燈。她抓吊燈的力道之大，差點把吊燈從天花板扯了下來。她踮著腳尖，把灰塵搖下。一團團的灰塵，紛紛掉落在她的髮上，如同雪花。早上十一點時，一切都已經清掃乾淨。她將玻璃窗從裡到外都整理過一遍，連百葉窗都用沾了肥皂的海綿擦拭過。她那幾雙看上去亮閃閃而且可笑的鞋子，整整齊齊地沿著牆邊擺放。

他們或許會打電話叫她。她知道他們星期六偶爾會上館子。那是蜜拉說的。他們會去一間小飯館，蜜拉可以點所有想吃的東西，而亞當會在父母關愛的注視下，嘗著湯匙尖上沾的芥末醬或是檸檬汁。路易絲會喜歡這樣。在一家擁擠的小飯館，在餐盤相互碰撞的哐啷聲與服務生叫喊聲的包圍之下，對於靜默，她就會害怕得少一點。她會坐在蜜拉與她的弟弟中間。她會在小女孩的膝頭上攤一大張白色餐巾。她會一匙一匙地餵亞當吃飯。她會聽米麗安與保羅聊天，一切進行的速度都會太快，而她也會感覺相當自在。

她穿上她的藍色洋裝。這件洋裝長及腳踝上方，正面一排藍色小珠子是釦子。她希望萬一他們需要她的時候，萬一他們要她盡快到哪裡會合時，她已經準備妥當。他們一定忘了她住得有多遠，每天得花多少時間通車去他們家。她坐在廚房裡，手指不斷輕敲著美耐板桌面。

午餐時間已經過了。一朵朵的雲掠過了乾淨透明的玻璃窗。天空逐漸變暗。風開始猛烈地吹襲著法國梧桐樹，雨也開始落下。路易絲焦躁不安了起來。他們並沒有打給她。

現在就算要出門，也已經太晚。她或許可以去買麵包，或是去透透氣，或就只是散散步。可是，在那一條條人煙稀少的道路上又沒什麼事可做。附近唯一的咖啡廳是酒鬼的巢穴。才下午三點，就有男人開始對著荒廢花園的欄杆又敲又打的。她實在應該早點做出決定、早點走進地鐵，置身於為了開學而進行採買的人群當中，在巴黎市區閒晃。她會迷失在人潮之中，或是在百貨公司前跟從那些美麗、腳步匆促的婦人。她會在瑪德蓮教堂附近漫步，讓身體輕輕擦過一張張有人坐著喝咖啡的小桌子。她會對推擠她的人說聲「不好意思」。

在她的眼中，巴黎是個大型的玻璃櫥窗。她尤其喜歡在歌劇院附近散步，接著走下皇家路，再轉向聖歐諾黑路。她慢慢地踩著腳步，觀察著來往行人與櫥窗。她什麼都想要。丹寧靴子、麂皮外套、蟒皮包包、綁腰洋裝、回針縫蕾絲貼身背心。她想要絲質襯衫、粉紅色喀什米爾開襟外套、軍官短外套、無痕絲襪；她夢想著一種什麼都買得起的生活，一種可以對諂媚的店員伸手指著自己中意商品的生活。

時間，就在持續不斷的無聊與焦慮之中，來到了星期天。一個偎在沙發床最裡處度過的陰暗、沉重的星期天。她穿著那件藍色洋裝睡覺。合成布料皺得厲害，也讓她悶出一身汗。夜裡有好幾次，她睜開眼，不知道究竟是過了一小時，還是一個月，也不知道自己是睡在米麗安與保羅家，抑或在波比尼市的家，而且有傑克躺在身旁。她重新閉起眼睛，再次沉入粗暴、瞻妄的睡夢之中。

路易絲確實討厭週末。當她與史蒂芬妮還住在一起生活時，史蒂芬妮老抱怨著星期天無事可做，路易絲也不准她參加自己為其他孩子所安排的活動。於是，只要一有機會，她便逃離家裡。星期五，她和附近的青少年在外頭一整夜，直到早上才一臉灰白、兩眼通紅又帶著黑眼圈地回到家。餓壞了的她，頭低低地穿過了小客廳，往冰箱去。她背靠著冰箱門，連坐都懶得坐，直接將手指伸入路易絲為傑克準備的午餐盒，就這麼挖食物吃了起來。有一次，她把頭髮染成紅色，還穿了鼻環。接著，她開始不見人影。先是一整個週末，而後有一天，她再也沒有回來過。波比尼市的家裡頭，沒有什麼能夠留住她。中學不能——她早已輟學；路易絲也不能。

她的媽媽當然到了警局通報失蹤人口。「這年紀逃家很普遍，沒什麼的。再等一段時間，她自然就會回來的。」他們就只是以這幾句話作結。她也沒找女兒回來。後來，她才從鄰居口中得知，史蒂芬妮人在南方，還有男朋友了；日子過得很忙，常常搬移住所。路易絲沒有向鄰居追問任何細節，也沒提出任何問題，甚至也沒讓鄰居重述僅有的一點點消息，這令他們大感詫異。

史蒂芬妮就這樣消失了。她的人生當中，總是感覺自己妨礙或打擾了別人。她的在場打擾了傑克；她的笑聲吵醒了路易絲帶著的小孩。她的粗大腿、厚重的側身，總是在狹窄走廊上讓路時，擠貼上了壁面。她怕擋路；怕被推開；怕占用了某個人想坐的椅子。當她說話，總是詞不達意。她一笑，別人就生氣，不管她的笑有多麼地天真無邪。最後，她終於發展出一種讓自己變成隱形人的本能。然後，理所當然地，毫無預警，就一聲不響地消失了，彷彿她命中註定就該是這樣。

星期一早上，路易絲在天未亮時便出了門。她走向近郊鐵路站，在歐貝站換線，在月臺上等候，接著走上了拉法葉路，再轉上高村路。路易絲是個士兵。她堅定地往前進，如同一隻野獸。如同一隻會被壞小孩打碎腳掌的狗。

19

九月的天氣，溫熱而明亮。星期三放學之後，路易絲催著想窩在家的孩子出門，帶他們去公園，去水族館看魚。他們在布隆涅森林的小湖上划船。路易絲告訴蜜拉，浮在水面上的水草，事實上是一個墮落女巫的頭髮。她正等待報復的時機。九月底，氣候暖和舒適，心情愉悅的路易絲決定帶他們去巴黎兒童樂園玩。

在地鐵站前，當他們想下樓梯時，一個馬格里布老先生主動想幫忙路易絲。路易絲推辭並謝過他之後，獨自將亞當連人帶車地拎下樓梯。老人在他們後頭跟著，問她的兩個孩子幾歲了。她正想開口說那不是她的孩子時，老人已經將身子彎低到兩個孩子的高度。「他們長得可真好看。」

兩個孩子喜歡搭地鐵。要是路易絲不拉住他們，他們會在候車月臺上奔跑、會踩過別人的腳衝進車廂，就為了要搶靠窗的位置。他們伸長了舌頭，睜大了眼，在座位上坐著。隨後，兩人站了起來，亞當學姊姊用身體勾住扶手，假裝自己是這臺列車的司機。

在兒童樂園時，保母與他們一同奔跑。他們開心地笑著。保母寵著他們，給他們冰淇淋和氣球。一片片落葉堆成了或是鮮黃或是血紅的地毯。他們躺在上頭，保母替他們拍下了相片。蜜拉問，為何同樣的樹木，有幾棵染上了明亮的金黃，但在旁邊或對面的幾棵卻是直接從綠色轉為深褐，看起來像是腐爛沒了生氣。路易絲沒辦法回答這個問題，於是說：「我們問妳媽媽吧！」兩個孩子在遊樂器材上，恐懼得尖叫，開心地大叫。路易絲頭都暈了。當火車鑽入陰暗的山洞，全速朝陡坡俯衝而下之時，路易絲緊緊地抓住坐在膝頭上的亞當。

他們坐在草地上野餐。蜜拉笑路易絲怕幾公尺遠的那幾隻大孔雀。保母帶了一張舊毛毯。這張毛毯，原先被米麗安捲成一團丟在床底下，路易絲拿了出來，洗乾淨之後還重新整理過。三個人一起躺在草地上睡覺。當路易絲醒來時，亞當正貼著她的身體睡著。她覺得冷。大概是兩個孩子踢掉了毯子。她轉過身，沒看見蜜拉。她叫蜜拉的名字，開始大聲呼喊。其他人轉過頭看她。有人問：「太太，還好嗎？需要幫忙嗎？」她沒答話。「蜜拉，蜜拉！」她抱著亞當，邊跑邊喊。她巡過了遊樂器材，繞過了玩具氣槍站前。淚水，逐漸從她的眼眶湧出，她真想搖晃經過的路人，推開那些手裡牽牢自己的孩子、腳步匆匆的陌生人。她回頭往小農舍那裡去。她的下顎抖得太厲害，以致於無法叫出小女孩的名字。她的頭很疼，膝蓋開始發軟。只要再過一會兒，她就會癱倒在地上，沒辦法動彈和說話，整個人虛脫無力。

這時候，她在一條小徑的盡頭處發現蜜拉坐在長椅上吃著冰淇淋，一名婦人正彎著腰看她。路易絲跑向這個孩子。「蜜拉！妳瘋了嗎？妳怎麼可以就這樣跑掉了？」那個陌生人（一名年約六十幾歲的婦人）用力抱住了蜜拉。「這太讓人生氣了。您到底在做什麼？怎麼會讓她落單呢？我可以問這孩子她爸媽的電話的。我可不確定他們知道了以後，會不會高興。」

不過蜜拉掙脫了那個陌生人的懷抱。蜜拉推開婦人，狠狠瞪了她一眼，接著跑向路易絲，將身體貼著她的腿。路易絲彎下身子，將她抱起。路易絲親吻著蜜拉冰冷的脖子，撫著她的頭髮。她看著小女孩發白的臉孔，為自己的粗心向小女孩道歉。「我的天使，我的小親親。」路易絲哄著蜜拉，不斷地親吻她，同時緊緊地將她摟在懷中。

老婦人看見蜜拉親密地依偎在這個瘦小的金髮女人懷中，於是也冷靜了下來。她不知道該說什麼好，便搖著頭觀察他們，神情責備。她想必是希望引發一場激烈爭執。如果成功的話，她就有好戲可看了。而要是那個保母生起氣來，或是有打電話給小孩父母的必要，又或是有人口出威脅，並且當真付諸行動，那麼，她就多了閒話可講。那個陌生婦人最後從長椅上起身。在離開的同時，她說：「好，下一次，您就要當心一點。」

路易絲目視著老婦人離開。只見老婦人還回頭看她們兩、三次。路易絲心懷感激地對她微笑。隨著那個駝背的身影愈來愈遠，路易絲摟著蜜拉的力道也愈來愈大。小女孩的胸膛幾乎被壓扁了，於是哀求：「停！路易絲，我不能呼吸了。」小女孩試著掙脫；她扭動身體，踢了保母幾腳，可是保母依然不鬆手。她將嘴巴貼在蜜拉的耳邊，語氣平靜而冰冷：「別再一個人跑掉了，聽見了沒？妳想被人家綁走嗎？萬一有壞人怎麼辦？下一次就會發生這樣的事情。到時，妳怎麼哭怎麼叫都不會有人來救妳了。妳知道那個壞人會怎麼對妳嗎？不知道吧？他會把妳帶走，把妳藏起來，讓妳變成他的，妳就再也見不到妳爸媽了。」路易絲說完，準備把小女孩放下時，突然肩膀傳來一陣尖銳難忍的疼痛。她大叫一聲，試著推開這個將她咬出血的小女孩。蜜拉的牙齒深深地咬住她的皮膚不放，在被推開的同時，撕扯著她的肌膚，蜜拉於是懸掛在路易絲的手臂上，形同一頭發狂的野獸。

當晚，路易絲並沒有告訴米麗安，蜜拉亂跑又咬了她。蜜拉在沒有路易絲的提醒或威脅之下，也保持沉默。現在，路易絲與蜜拉對彼此都有所不滿。可以說，這個祕密，令她們前所未有地團結。

20

傑克

傑克喜歡叫她閉嘴。他受不了她的聲音。她的聲音總是會刨刮他的神經。「妳可以閉嘴嗎？」在車子裡，她總是克制不住自己的多話。她很怕坐車，說話可以讓她平靜下來。她自顧自地說著無味的獨白，勉強在兩個句子中間停下來喘一口氣。她嘰哩呱啦說個不停。她一個接一個地念出路名，順便把自己對那條路的記憶攤展開來。

她丈夫一爆怒，她便感覺愉悅。當他調高收音機音量，她知道是要她閉嘴。當他打開窗戶，邊抽菸邊哼歌，她明白是為了羞辱她。她丈夫的怒氣讓她害怕，但她也得承認，有時也會令她興奮。激怒他、讓他憤怒到有本事停在路邊，掐住她的脖子，低聲威脅會讓她永遠閉嘴，對她而言是種享受。

傑克很愚蠢、很吵。年紀愈大，他變得尖酸刻薄而自大。夜晚下班回到家，他最少會花上一個小時報告對這個人、那個人的不滿。如果他的話是真的，那麼，這個世界上的每個人都想要偷他的東西、操縱他、利用他的身分地位。在第一次被解雇之後，傑克到勞資調解委員會控告他的雇主。儘管訴訟過程花了他不少時間與大筆金錢，可是勝訴的結果所帶給他的權力感，令他愛上了訴訟與法院。後來，在一場小型的車禍之後，他相信可以藉由控告保險公司發一筆財。再後來，他開始對二樓鄰居、市長、大樓住戶代表，發動攻擊。他把每一天、每一個日子，全都花在撰寫難懂且語帶威脅的信函。他認真查詢法律援助網站，尋找任何一條或許對他有利的法令規章。傑克這個人，性格易怒，帶著無比的惡意。他嫉妒別人的成功，否認他人的優點。他甚至曾經花了一整個下午待在商業法庭，以飽享其他人的苦惱、困境。別人驟然的破產、遭受命運的打擊，就是他的快樂。

他驕傲地對路易絲說：「我和妳才不一樣呢！我沒有卑躬屈膝的靈魂，不需要撿小孩的大便和嘔吐物。只有女黑鬼才會做這樣的工作。」他覺得妻子太過溫馴。雖然那令他夜晚性致昂然，可是其他時間裡，就只有讓他發火的分。他總是不斷地給路易絲建議，而路易絲也總會假裝認真聽著。「妳應該叫他們退妳錢或是補償妳，就這樣。」「只要沒有錢拿，就算多工作一分鐘也不行。」「請病假？可以啊！不然妳要他們怎麼做？」

傑克太忙，忙到沒辦法找個工作。他的煩擾占據了他的所有時間。他不常走出家門，而是在打開的電視機前，把他的文件攤在矮桌上。在這段期間裡，他難以忍受小孩子的存在。他命令路易絲去雇主的家裡工作。小孩的咳嗽、嘰咕聲，甚至是笑聲，都會令他發怒。他尤其厭惡路易絲。她那繞著孩童打轉的卑微工作，其實已讓他處於狂怒的狀態。他老是說：「妳和妳那清潔婦的工作。」他認為那些故事應當發生於人世以外，所以這些關於小寶寶或是老人的故事，我們都不應該知道。無論是奴役與重複同樣動作的年紀，或是醜惡、不知恥、僵直的冷漠與芬芳的身體——那個索求愛與東西喝的身體——進行全面入侵的年紀，全是得要度過的討厭時期。「這身體，簡直就是讓你們厭惡當個人。」

那時，他分期付款買了一部電腦、一臺新的電視機，以及一張電動按摩椅。按摩椅椅背可以放下睡午覺。他在電腦藍色螢幕前花上好幾個小時，整個房間充塞著哮喘的喘鳴聲。傑克坐在那張新的按摩椅上，面對著全新的電視機，瘋狂地按著遙控器，好似一個因為玩具過多所以變得痴傻的孩子。

那一天肯定是星期六，因為他們一起吃午餐。傑克一如往常地發牢騷，不過火力卻減弱了。路易絲拿一只淺口盆裝滿冰水，放在桌下，讓傑克泡腳。到現在，路易絲在夢魘當中，依然會看見傑克那雙發紫的腿。那雙因為糖尿病而腳踝浮腫、不健康的腿。傑克總是不斷要求路易絲按摩他的腿。從幾天前開始，路易絲便注意到他的臉色蠟黃，眼睛也沒了神采。她也發現他得喘著氣才能勉強講完一句話。午餐的菜色是她準備的燉小牛膝。傑克吃了三口，正要準備說話時，突然把剛吃進去的東西全吐在盤子上了。他的嘔吐呈噴射狀，如同新生兒吐奶，路易絲知道狀況嚴重，而且不是一時半刻就沒事。她從椅子上站起，當她看見傑克不知所措的表情時，對他說：「那不要緊，沒什麼的。」她不停地說話，不斷地怪自己在醬汁裡加了太多紅酒，讓醬汁變得太酸，還搬出關於胃酸的荒謬理論。她一再地說話、提供建議、責怪自己並且道歉。她驚惶不安與毫無連貫的多言，只是增添傑克內心的焦慮。而那種焦慮，就如同站在樓梯頂端，看著自己腳步踩空，滾下階梯，頭顱著地，脊椎摔碎，血肉模糊。要是她閉上嘴巴的話，他或許就會哭了出來，會要求她的協助，或甚至是她的一點溫柔安撫。可是，她邊收晚盤、邊整理桌巾、邊拖地板，邊不停不停地說話。

三個月之後，傑克過世，整個人乾枯得像遺忘在太陽底下的水果。他下葬的那天，天空下著雪，日光看起來幾乎是藍的。路易絲成了孤身一人。

公證人向她解釋，傑克遺留的僅有負債。她點了點頭。她注視著那顆讓襯衫領子給壓扁的甲狀腺囊腫，假意接受這個事實。她從傑克那裡只繼承到中止的訴訟、待處理的訴訟案、需支付的帳單。銀行準備扣押波比尼的房子，給了她一個月的時間搬離。路易絲獨自裝箱打包物品。她仔細整理史蒂芬妮留下的東西。她不知道如何處理傑克堆在屋裡的那一疊疊文件。起先，她想要放把火燒掉。她對自己說，要是運氣不錯的話，火舌會舔上屋子、街邊，甚至是整個附近地區的牆，她人生的這一段便可以從此隨煙消逝。屆時，她心中不會有任何的不悅。她會默默地站在那裡不動，注視著火焰將她的回憶、在荒涼幽暗街路上的長時間漫步、處在傑克與史蒂芬妮中間的無聊星期天，全部吞噬殆盡。

可是路易絲提起了行李，關上了屋門，就此離開，把裝滿回憶的箱子、女兒的衣服、丈夫的算計，全部拋棄在屋子前廳裡。

那一夜，她睡在一星期前已預付費用的旅館房間。她做了三明治，在電視機前吃掉。她吸吮放在舌上融化的無花果餅乾。展現於眼前的寂寞，如同一道無邊裂縫，而路易絲看著自己陷落於其中。寂寞，黏附上了她的肌膚、衣服，開始改變她的輪廓線條，也給了她老婦的姿態動作。寂寞，於黃昏、黑夜降臨、大家庭生活的聲音逐漸熱鬧之時，迎頭襲來。光線黯淡了，笑聲、喘息聲、甚至是無聊的嘆氣等等的嘈雜聲也一一傳進了耳裡。

在華人區的這間旅館房間之中，她失去了時間感。她迷茫、驚惶。世界已然將她遺忘。她無感於房內無情肆虐的寒冷，連睡了好幾個小時，然後在醒來時，眼腫頭疼。她足不出戶，除非萬不得已，或是餓了太久。走在街上的她，如同走在一場戲劇的場景之中，但那場戲劇，並不會有她的出場；她也只會是一個眾人行動之中的隱形觀眾。每個人似乎都有地方可去。

寂寞的作用如同迷幻藥，她並不確定自己是否想要戒除。路易絲茫茫然在路上閒晃，睜得過大的雙眼直發疼。當她處於寂寞的狀態之中，便能看得見別人，而且是真正的看見了他們。他人的存在變得鮮明、有活力，也變得前所未有的真實。她觀察著露天咖啡座上的情侶互動，連任何細節都毫不放過。自生自滅的老人所投來的斜眼目光。坐在長椅椅背上的女學生，利用溫書掩飾故作的媚態。在地鐵出口的廣場上，她認出了不耐煩的人所排列成的奇異隊伍。她與他們一同等著約會的時間到來。每一天，她都將會遇上瘋狂的同伴、自言自語的人、精神錯亂的人，還有流浪漢。

當時，那座城市住的是瘋子。

21

冬天來臨之後的日子，每一天都是如此相近。這個十一月多雨而冰冷。外頭人行道的路面全鋪上了一層薄冰，根本沒辦法出門。路易絲想辦法為兩個孩子找樂子。她發明了幾個遊戲；她唱歌；她和孩子一起用紙箱蓋了一間屋子。可是日子像是無比漫長。亞當發燒了，不停地呻吟。路易絲抱著他，搖著哄著將近一個小時，直到這孩子睡著為止。蜜拉在客廳裡走來走去。她也變得煩躁不安。

路易絲喚她：「來我這裡。」蜜拉走到保母身旁，而保母從提包裡拿出了蜜拉夢想已久的白色化妝包。在蜜拉眼中，路易絲是世界上最漂亮的女人，長得很像她搭飛機去尼斯時，那個送她糖果的做作金髮空姐。路易絲儘管一整天忙進忙出、洗碗、在學校與家裡之間來回奔波，外表依然光潔無瑕。她的頭髮整齊地往後梳。她上的三層睫毛膏，令她的眼神像個目瞪口呆的洋娃娃。至於她的手，柔軟並散發著花香，塗上的指甲油也從不曾脫落斑駁。

路易絲偶爾會在蜜拉面前重上指甲油。每到那個時候，蜜拉會閉著眼，吸著廉價指甲油的去光水氣味。路易絲上指甲油總是俐落，毫不拖泥帶水。小女孩看保母舉起手揮動著，朝著手指吹氣，看得入迷。

蜜拉接受路易絲的親吻，是為了聞路易絲臉頰上的爽身粉氣味，也是為了近距離觀看她眼皮上閃耀的珠光亮片。當路易絲搽唇膏時，蜜拉喜歡觀察她的動作。只見路易絲一隻手把一面總是光滑乾淨的鏡子舉在面前，做出一個奇特的鬼臉，把嘴唇左右拉長。隨後，蜜拉會在浴室裡重現同樣的姿勢與鬼臉。

路易絲翻著化妝包。她拉起小女孩的手，抹上了從一個迷你小罐子裡挖出的玫瑰乳霜。「很香吧？」路易絲在小女孩詫異的眼光之中，替她的小小手指塗上了指甲油，顏色是低俗的粉紅色，還散發著濃濃的丙酮味。對蜜拉來說，那個氣味就是女人味。

「妳可以脫掉鞋子嗎？」路易絲在蜜拉胖乎乎，剛脫離幼兒期的腳趾頭上，也塗上了指甲油。接著，她將化妝包的東西全倒在桌上，一片橙色的粉塵揚起，爽身粉的氣味也散發開來。蜜拉笑得樂不可支。現在，路易絲替她抹了唇膏、上了藍色眼影，還有橘色腮紅。她要蜜拉低下頭，用梳子刮鬆蜜拉過於細直的頭髮，直到變得像馬鬃一樣。

她倆笑得開心，沒聽見保羅關上大門，走進客廳。蜜拉面帶微笑地張著嘴，攤開了雙手。

「爸爸，你看，你看這是路易絲化的妝！」

保羅定睛看著她。原本保羅為著能夠早點回家、能夠看到孩子而開心，此時卻只覺厭惡、噁心。他感覺自己像是意外撞見了一場齷齪、病態的表演。他的小女兒看起來活像個扮裝皇后，也像個過氣、毀敗、粗俗的夜總會歌女。他難以置信，簡直氣得抓狂。他恨路易絲硬給他這場戲看。他的蜜拉，他的小天使、他的藍蜻蜓，此刻就和在市集展覽的動物一樣醜；與被神經質老嫗穿上衣服、牽著散步的狗一樣可笑。

保羅大吼：「這是怎樣？您腦袋裡是在想什麼？」他一把抓住蜜拉的手，將她拉上浴室的矮凳，開始擦去她臉上的妝。小女孩叫著：「好痛啊！」她抽抽噎噎地哭著。唇膏愈擦愈發黏稠、愈讓那片紅在她半透明的肌膚上攤展，他有種感覺，彷彿自己弄髒了女兒，讓她愈來愈變得面目全非，而他的怒氣也隨之高漲。

「路易絲，我警告您，永遠都別再有下一次。我對這個很反感。我不想教我女兒這麼低俗的東西。她年紀太小，怎麼能夠打扮成……您知道我的意思的。」

路易絲抱著亞當，在浴室門口前站著不動。爸爸的吼叫、家裡的騷動，並沒有讓他哇哇大哭。他只是眼神冷漠、防備地看著保羅，就像是向他宣示自己選擇了站在路易絲那一邊。保母聽保羅說話。她沒有垂下頭，也沒有道歉。

22

有時，路易絲會想著史蒂芬妮應該已經死了。她應該要在她還是顆卵的時候弄死她的。沒有人會發現，也沒有人會為此責怪她。要是當時她殺了史蒂芬妮，或許今日整個社會還應當要感謝她。她會是公民意識與明智的展現。

那時路易絲二十五歲，一天早上醒來的時候，她的乳房沉重而且疼痛。一種全新的悲傷介入了她與整個世界當中。這令她感覺不對勁。當時她在法蘭克先生家工作。法蘭克先生是畫家，與他的母親住在十四區的某間家族豪宅。路易絲其實並不大懂法蘭克先生的畫作。無論在客廳、走道牆面，或是房間，路易絲會駐足在一幅幅巨大的肖像畫之前。畫中的女人面目扭曲，身體或是因為痛苦而無法動彈，或是因為狂喜而僵住不動。法蘭克先生便是因這些肖像畫而得名。對於路易絲來說，這些畫，她說不上美不美，但她很喜歡。

法蘭克先生的母親珍娜薇耶，某天在下火車的時候，折斷了股骨頸。她再也無法走路，在月臺上就已瘋了。她整天包著尿布，躺在一樓某間日照明亮的房間，但大部分時間是赤身露體的。要幫她穿衣服頗為困難，她會凶猛掙扎；於是只好任她尿布攤開，袒露乳房與性器給人看。這種放縱身體任人觀看的場面實在恐怖至極。

法蘭克先生一開始雇用了薪資高的專業護理師，可是那些護理師對於老太太的任性很不滿。她們會下藥讓她睡覺。老太太的兒子覺得她們實在冷酷又殘暴。他想給媽媽找的是一個朋友；一個奶媽；一個能夠傾聽她的妄想，同時不會翻白眼嘆氣的溫柔女子。路易絲很年輕沒錯，但她最令他訝異的，是驚人的力氣。上班的第一天，她走進那間房間，獨力抱起了老太太沉重如石塊的身體。她幫老太太洗澡的同時，不停地說話。老太太難得沒有大吼大叫。

路易絲和老太太睡在一起。她替老太太清潔身體；聽她瘋言瘋語一整夜。珍娜薇耶就像新生兒一樣，害怕黃昏的到來。逐漸黯淡的日光、黑影、靜默無聲，總會令她懼怕得叫喊。不僅如此，珍娜薇耶還會夜驚。她會哀求自己過世多年的母親帶她走。睡在病床旁邊的路易絲試著勸她，可她會辱罵路易絲，說路易絲是婊子、母狗、雜種，有的時候，甚至會想要對路易絲動手。

接著，路易絲開始睡得比以往都還來得沉。珍娜薇耶的尖叫再也影響不了她。不久，她再也沒辦法替老太太翻身或是抱上輪椅了。她的手臂彷彿萎縮了，而她的背疼得厲害。某個下午，當夜晚來臨，而珍娜薇耶開始咕噥著令人心碎的祈求之時，路易絲上了樓，去到法蘭克先生的畫室，告訴他整個情形，沒想到畫家竟然大發雷霆。他用力關上了門，然後朝她走近，那雙灰色的眼睛盯著路易絲的胸部。當下，路易絲以為他將要對她不利。他開始大笑。

「路易絲，要是我們和您一樣，未婚，而且賺的錢只夠過活的話，是不會生孩子的。就把我的想法坦白跟您說吧，我覺得您這個人一點兒責任感也沒有。您帶著圓圓的眼睛和愚蠢的笑容來這裡，就為了跟我說這些。到底，您還想要什麼？幫您開瓶香檳？」他背著手，在尚未完成的畫作前來回踱步。「您以為那是個好消息嗎？您到底有沒有判斷力？我跟您說，您運氣好，才會遇上我這樣想要幫您改善經濟狀況的雇主。我知道要是別人的話，就會立刻把您趕出去。對我來說，我媽媽是世界上最重要的人。我把她託給您，結果發現您根本無腦、沒有常識。我才不管您晚上沒事的時候在做什麼，也不在乎您那淡薄的道德感。可是人生呢，並不是場派對。您要拿小孩怎麼辦？」

*

事實上，法蘭克先生在乎路易絲星期六夜晚做些什麼。他開始問她問題，而且態度愈來愈堅持。他想要用力搖晃她的身體，打她耳光，好讓她說實話；讓她坦白一旦不在他眼前或是珍娜薇耶床邊時，她都在做些什麼。他想要知道這個孩子是因著怎麼樣的愛撫而生，又想知道是在什麼樣的床上，路易絲耽於享樂、沉醉於情慾與笑聲之中。他不停地問她，孩子的父親是誰，是什麼樣的人，她又是在哪兒遇見他的，而他將要怎麼做。可是路易絲總是這麼回答：「這是我的隱私。」

法蘭克先生決定出手。他說會親自帶她去找醫生，還會等她手術完成。他甚至還承諾，一旦事情處理完畢之後，會給她簽一份正式的合約，並且會匯錢到她名下的銀行帳戶；她甚至可以休有薪假。

預定手術的那一天，路易絲睡過頭了，來不及去。史蒂芬妮硬是成為她的一部分，在她的體內挖鑿，拉扯她的身體，也撕碎了她的青春。她開始發芽、生長，如同潮溼木頭上的一朵香菇。路易絲沒有回法蘭克先生那裡。她再也沒有見到那個老太太了。

23

路易絲把自己關在馬塞家的屋子裡。有的時候，她感覺自己發瘋了。幾天前開始，她的臉頰和手腕上出現了一塊塊的紅斑。她不得不把臉和手泡進冷水，好減輕痛苦的燒灼感。漫長的冬日當中，一種無邊的孤寂壓住了她的心頭。受不了驚懼的折磨，路易絲走出了屋子，關上了大門，迎著寒冷，帶著孩子去廣場小公園。

冬日午後的廣場小公園。毛毛雨掃著枯葉。孩子的膝蓋上黏著冰冷的砂礫。在隱密小徑的長椅上，總會遇見這個世界不再想要的人。他們逃離狹小的屋子、悲傷的客廳、因為無聊與懶散導致凹陷的扶手椅；他們寧願縮著腰、雙手抱胸、在戶外打哆嗦，也不願待在那小房子。下午四點時，無所事事的日子總像是永無止境——總是在下午三點左右，我們才會察覺出已虛擲的時間，擔憂起即將到來的夜晚——就在這個時刻，我們會因為自己的無用而羞愧。

冬日午後，廣場小公園裡總有流氓、遊民、失業者、老人、病人、遊蕩者、靠不住的人，徘徊不去。這些都是不用工作的人，不事生產的人，沒有賺錢的人。當春季一到，一對對戀人重回原地；談著禁忌之戀的情侶在椴木下、花開處處的小亭裡找到了住所；遊客用相機拍下一張張的石雕照片。而在冬天，一切都另當別論了。

幾個保母和她們的孩子大軍包圍著凍寒的溜滑梯。小孩子奔跑著，身上穿著的羽絨大衣，妨礙著行動的自如，看起來就像是一個個胖胖的日本人形，鼻子還垂著鼻涕，手指也凍得發紫。從嘴裡呵出的白色霧氣，令他們驚嘆連連。嬰兒車裡包得臃腫的小娃娃，凝視著那些大哥哥大姊姊。或許其中有幾個感受到了憂鬱與迫不及待的心情。他們肯定是急著想要爬上木頭鞦韆好動動身體、暖暖身子，並且十分期待能夠逃離用一隻手斷然地——或是粗魯、溫柔或是過當——抓住他們的女人的看管。那些在冰寒冬季穿著非洲長袍的女人。

在場的，還有小孩子的媽媽。那些眼神空洞的媽媽。那個不久之前的分娩將在世界邊緣的自己拉住的媽媽，如今坐在長椅上，感覺到了尚鬆垮的肚皮重量。她的身體——那個散發出奶酸與血腥味的身體——依然疼痛、流出分泌物。她全身的肌肉皮膚隨她拖著走，卻得不到她的休息與照料。也有面帶笑容、容光煥發的媽媽，而這類型的媽媽是如此地罕見，引得所有孩子眼帶羨慕地望著。那些當天早上沒有說再見，沒有把孩子留在另一個人手上的媽媽。那些休到了一天特休，於是來到了這個小公園，以著一種奇異的喜樂，享受一個平凡冬日的媽媽。

這裡也有男人的存在，只是他們的位置較靠近廣場上的長椅、沙池，或是小孩。女人隔出了一道緊實的牆，一道無法攻克的防禦。她們提防著緊挨過來的男人、對這塊由女人組成的天地有興趣的男人。她們驅趕著對小孩微笑、注視著他們肥肥臉頰與短短小腳的男人。許多奶奶抱怨著：「現在怎麼有那麼多戀童癖啊？在我們那個時代可是沒有的。」

路易絲的眼睛緊緊跟著蜜拉。小女孩跑來跑去，從溜滑梯跑向鞦韆，一刻不停地就是不讓自己覺得冷。她將溼了的手套直接在身上的粉紅色外套上抹乾。亞當在嬰兒車裡睡著。路易絲用一條毯子裹住他。她溫柔地輕撫著他在毛呢帽與毛衣領口之間露出的頸部肌膚。冰冷的太陽射出了金屬般的光芒，她不禁瞇起了眼。

「妳要嗎？」

一名年輕女性在路易絲身旁坐下，雙腿大開。她將一個裝滿蜂蜜蛋糕的小盒子遞到路易絲面前。路易絲看著她。這個女人的年紀不超過二十五歲，以一種粗俗的樣子笑著，一頭黑色長髮骯髒且欠缺梳理，不過還是看得出來她的容貌應該算是漂亮的，算是很吸引人就是了。她的小腹略圓、大腿粗厚，體型豐滿而性感。她張著嘴嚼著蛋糕，大聲地吸吮著指頭上的蜂蜜。

「謝謝。」路易絲以手勢示意拒絕。

「在我們家鄉呢，我們總會問陌生人要不要吃東西。我只有在這裡才看見有人只顧自己吃東西。」一個年約四歲的小男孩靠近這個年輕女人。她塞了塊蛋糕進他的嘴裡。小男孩笑了。

她告訴小男孩：「吃這個對你好。不過，這是祕密好嗎？別跟你媽媽說。」

小男孩名叫阿爾豐斯，蜜拉喜歡跟他玩。路易絲每天都來這個廣場小公園，而每一天，她都會拒絕瓦法要她吃的油膩糕點。她也禁止蜜拉吃，不過這並未惹瓦法生氣。這個年輕女人很愛講話。她坐在長椅上，屁股貼著路易絲，述說自己的人生，尤其是與男人的經歷。

瓦法讓人聯想起一種不怎麼狡猾，但非常機靈的貓科動物。她還沒有拿到合法居留證，但對此似乎也不怎麼在意。她是透過一個老男人來到法國的。之前，她在卡薩布蘭加一間從事特種營業的旅館裡，盡心盡力地為這個老男人按摩。他離不開她溫軟的手、嘴巴、屁股，簡而言之，就是她依據自己的本能與媽媽給的建議，把身體奉獻給他。老男人帶她回巴黎。他住在一間簡陋的小公寓裡，領政府的補助金過活。「他怕我懷孕，他的孩子都逼他把我趕出門。不過那個男人其實不想要我走。」

面對著路易絲與她的沉默，瓦法就像對神父告解或是對警察招供般地說話。她把一個將不會有正式紀錄的人生，鉅細靡遺地說給路易絲聽。在離開老人的家之後，一個女孩子替她在無居留證的年輕伊斯蘭女性專屬交友網站註冊。一晚，有個男人約她在郊區的一間麥當勞見面。那個傢伙覺得她很美麗。他對她示好，甚至想要強暴她，但被她成功安撫了。兩個人開始談論價錢。尤瑟夫答應以二萬歐元的代價娶她。他是這麼解釋的：「就法國居留證來說，這錢付得不貴。」

她很幸運地在一對法美聯姻的夫妻家找到工作。他們雖然要求很多，但是對她很好，還替她在距離他們家一百公尺處租了一間傭人房。「他們以付房租代替工錢，我一直都不知道怎麼拒絕他們。」

她貪婪地盯著阿爾豐斯看。「我超愛這個孩子的。」路易絲與瓦法兩個人都不說話了。一陣寒風吹過了廣場，她們都知道差不多該走了。「可憐的小傢伙。妳看他，我給他穿得太多，他幾乎都沒辦法動了。可是要是他感冒的話，他媽媽會殺了我。」

有時，瓦法害怕自己會在某一座公園裡老去。她害怕感覺到自己的膝關節在老舊、冰冷的長椅上發出劈啪聲，也怕再也沒有力氣抱起任何一個孩子。阿爾豐斯會長大。他不會在某個冬日午後再踏進廣場一步。他會去有陽光的所在，也許會去度假。甚至說不定有一天，他會在她替男人按摩的豪華飯店裡投宿。她帶大的他，將會讓她的一個姊妹或是某個表兄弟，在鋪上黃藍磁磚的露天平臺上為他服務。

「妳瞧，全部都會回頭，一切都會反轉。他的童年與我的老年。我的青春與他的成人生活。

命運就像爬蟲類一樣狠毒，總會設法將我們推向斜坡錯誤的那一邊。」

雨開始落下。該回家了。

24

對保羅與米麗安來說，冬天流逝的速度飛快。在這幾個星期裡，夫妻倆見面的次數屈指可數。他們有時在床上碰面，總是一個人先進入夢鄉，另一個人隨後入夢會合。他們有時在被子底下腿挨著腿，親吻彼此脖頸，直到聽見另一半發出如動物睡夢中被驚擾的低聲咕噥時，才莞爾一笑，結束這場接觸。白天，他們會打電話給彼此，互留訊息：米麗安在便條紙上寫下了甜蜜話語，貼在浴室鏡面上；保羅在半夜時，將他排練的影片寄給她看。

他們的生活是一連串的工作、需履行的承諾與不容錯過的約會。米麗安與保羅很忙。他們也老愛說自己很忙，彷彿那是成功的徵兆。他們每天行程滿滿，勉強才能擠出空檔睡覺，完全沒有時間沉思或觀察。兩人四處移動，從這一處奔波到另一處，在計程車上換穿鞋子，與對他們工作發展十分重要的人士喝酒應酬。終於，他們成了一家運作正常，擁有明確目標、營收與任務的公司老闆。

屋裡到處都有米麗安在廚房紙巾、便條紙或是書本末頁寫下的清單。她會花時間尋找那些清單，怕要是丟了、不見了，她就會忘記該達到的任務。她保留了幾張很舊的清單，當她偶爾重新翻看，會因為記不得那一條一條隱晦的項目指的是什麼，而對逝去的時光燃起濃濃的想念。

——藥局

——跟蜜拉講尼羅河的故事

——預約希臘之行

——回電話給M.

——把我所有的清單重看一遍

——再回去看那個櫥窗。要買那件洋裝嗎？

——重讀莫泊桑的書

——要給他一個驚喜嗎？

保羅感到很幸福。在他的眼中，他的人生似乎終於達到自己的期望，也符合了他瘋狂的精力與活著的喜悅。他，這個在戶外自由長大的男孩，終於能夠發揮才能。才幾個月，他的事業就有了重大突破。這也是他這一生至今第一次能夠做自己喜歡的事情：他不用再花時間服務別人，對誰順從、不回嘴，也不需要再面對神經兮兮的製作人、幼稚的歌手，甚至不用再面對那種不事先通知會遲到六小時的樂團，也不必再理逐漸衰老的過氣歌手，或是忍受需要大量酒精、多次車隊接送才能唱歌的歌手所進行的錄音工程。這些，全都不會再出現了。保羅晚上都在錄音室度過。他渴求音樂，渴求全新的想法，他也會盡情地瘋狂大笑。他努力讓作品沒有缺點，花上數小時調整小鼓的聲音，或是修改打擊樂器的編排。當他的妻子擔心兩人總是不在家時，他一再地對她說：「有路易絲在呢！」

當初米麗安懷孕時，他簡直樂壞了，可是他告訴朋友，自己並不希望生活必須就此改變。米麗安也告訴自己，保羅是對的，並且更加崇拜這個如此熱愛運動，如此好看、獨立的男人。他答應她，會努力讓兩個人的生活依然耀眼；也跟她保證，她絕對還能繼續為兩人的生活製造驚喜。「我們可以抱著小孩去旅行。妳會成為大律師，而我會打造出超人氣藝人，一切都不會改變的。」他們想像著未來可期；抵抗著所有的變數。

然而，在蜜拉出生之後的幾個月，原本喜悅的生活已逐漸籠罩著悲傷。米麗安遮掩著她的黑眼圈與憂鬱，她害怕承認自己時時想睡覺。在這段期間，保羅會問她：「妳在想什麼？」每一次總會令她想哭。他們仍然邀請朋友到家裡來，不過米麗安總要克制自己，不趕他們出去、不掀桌子、不把自己鎖在房間裡。她看著朋友們笑鬧、乾杯，看著保羅替他們把酒重新斟滿。而當他們爭吵，米麗安則是擔心吵到了蜜拉睡覺。這孩子如果睡不飽會大哭大叫。

亞當出生之後，狀況更糟了。他們夜晚從產科回到家之後，米麗安在房間裡睡。她把透明的娃娃床擺在床邊。保羅睡不著。他感覺屋裡瀰漫著一股奇怪的氣味。他們偶爾週末帶蜜拉出門時，在寵物店與月臺上聞過同樣的氣味。那是某種分泌物與悶滯的氣味，也是床墊尿溼的氣味。這個氣味令他作嘔。他從床上起身，把垃圾拿下樓倒。他打開窗戶，隨即恍然大悟，原來是蜜拉把廁所裡所有拿得到的東西全丟進馬桶，結果塞住了，整個屋裡到處都是臭氣。

這段時期，保羅感覺自己掉進了陷阱，也快被責任壓垮了。以往那個因為自在、宏亮笑聲、對未來深具信心而令眾人欣賞的保羅，那個在不經意間吸引女孩回頭看的瘦高金髮男子，已然失去了光彩。他不再想得出瘋狂的點子，也不再約人週末時去山上，或是開車到海邊去吃生蠔。他不再那麼地熱情。亞當出生之後的幾個月，他開始逃避回家。他虛構出一場場聚會，然後偷偷跑到離家很遠的地方獨自喝著啤酒。因為他的朋友也都成為父母，其中大部分的人從巴黎搬到了郊區、鄉下，或是南歐某些溫暖的國家。接下來的幾個月，保羅逐漸變得幼稚、沒有責任感、可笑。他的心中隱藏著祕密，以及逃跑的渴望。事實上，他並沒有寬待自己，也衡量過這個態度不會造成任何傷害。他想要的，其實就是不回家、擁有自由，而且依然可以體驗人生——他的人生體驗極少，而且也察覺得太晚。父親的外衣對他而言，似乎太大又太悲哀。

可是既然已成定局，他也不能說自己受夠了，不要了。孩子就在那，受寵著、疼愛著，這是無庸置疑的，然而心中的疑問無孔不入。兩個孩子，包括他們的氣味、動作、對他的渴求，給他的感動，是筆墨或言語都難以形容的。有時，他會想要和他們一樣當個孩子，和他們相同的高度，完全地融入童年之中。有什麼東西已經死了，但那絕對不只是青春或是無憂無慮。他不再毫無用處。有人需要他，而他就得有適當的回應。成為父親所帶給他的，是原則與可靠，但他肯定那是自己之前未曾有過的特質。他的寬容變得有限。他的痴迷淡了下來。他的世界縮小了。

現在有了路易絲，保羅重新與自己的妻子約會。某個下午，他傳了則簡訊給她：「小父親廣場。」她沒有回覆，不過他覺得她的沉默十分美妙。就如同某種禮貌、某種愛的沉默。他比預訂時間稍微早了些抵達廣場，心中既憂慮又不安。「她會來的，她鐵定會來的。」她果然出現。兩人在河岸旁散步，一如往日。

保羅知道他們都需要路易絲，可是他已經受不了她了。她那娃娃般的體型、讓人想賞幾巴掌的面容，讓他看了又討厭又生氣。有一天，他向米麗安坦承：「她是如此完美、纖細，有的時候反而讓我覺得想吐。」她小女孩的輪廓、對小孩所有舉動的剖析方式，在在令他反感。他鄙視她那可悲的教育理論，以及老奶奶般的過時做法。他嘲笑她一天十次寄到他們手機裡的照片——照片上，兩個孩子微笑地拿起了吃乾淨的碗盤，而她會加上「我全吃光光了」的文字。

保羅自從化妝事件之後，就盡量不和路易絲說話。這一晚，他甚至想過要炒她魷魚。他打電話給米麗安，和她討論這件事。米麗安的辦公室裡正忙，沒有時間和他說話。他於是等著她回家。到了晚上接近十一點時，米麗安進門，他便把那天的情形、路易絲看他的方式、她冷冰冰的沉默與傲慢，全都告訴了妻子。

米麗安卻對他仔細分析，認為事情沒他想的那麼嚴重。她怪他太嚴格，態度太傷人。總之，在他看來，她和路易絲就像兩頭母熊一樣，聯合起來對付他。只要和孩子有關，她們對他的態度就立刻變得高高在上，這令他頗為不快。他認為，這兩個女人操弄著身為母親的默契，是她們讓他變得幼稚。

保羅的母親希勒薇嘲笑過他們：「你們在那位女管家面前扮演大老闆。你們難道不覺得做得有點過分了嗎？」保羅很生氣。他的父母教育他討厭金錢、權力，尊敬階級低於自己的人——但是他們的尊敬卻有些許虛假、做作的成分在內。他工作時總是不拘小節，而他也覺得與共事的伙伴地位平等。他不尊稱老闆為「您」，也從不發號施令。可是路易絲卻讓他變成了老闆。他聽見自己給妻子卑鄙的建議。「別讓步得太多，不然，她會要個沒完沒了。」他對她說，同時伸長了手，將手從她的手腕挪上了她的肩膀。

25

米麗安坐在浴缸裡和兒子玩。她讓他站在她的大腿間，再將他摟住。她一直撫摸他，直到他用力掙扎、哭泣。她就是忍不住拚命地親吻他肥嘟嘟的身體；這個小天使的完美身體。她看著他，心中湧上滿滿的母愛。她對自己說，不久，她就再也不敢也不能像這樣裸著身體抱他了。接著，她將會以比她想像中還來得快的速度變老；而他這個愛笑、惹人疼的孩子，則會長成大人。

替他脫衣服時，她注意到他的手臂和背部在與肩膀同高處，有二個紅色疤痕。雖然已經淡化到幾乎看不見了，但是依然看得出像是牙齒留下的痕跡。她在疤痕上親了兩下，緊抱住兒子，為著在她缺席時意外發生這件難過的事向他道歉、安慰他。

隔天一早，米麗安和路易絲談這件事。保母才剛進門，連大衣都還沒來得及脫，米麗安便拉著亞當光溜溜的手臂要路易絲看。路易絲看上去一點兒也不訝異。

她挑著眉，掛上大衣，問：「保羅帶蜜拉去上學嗎？」

「對，他們才剛出門。路易絲，您看到了嗎？這是咬痕，對吧？」

「對，我知道。我有擦點藥膏幫助傷口結痂。是蜜拉咬的。」

「您確定嗎？您當時在場嗎？有親眼看到嗎？」

「我當然在場。當時我在準備晚餐，他們兩個在客廳玩，然後，我聽見亞當大叫，接著哭了，真可憐。一開始我不知道他在哭什麼，因為蜜拉是隔著衣服咬他，所以我才沒辦法立刻知道原因。」

「我真不懂。」米麗安親親亞當光禿的腦杓，又說了一次：「我有問蜜拉好幾次是不是她咬的，我甚至還說不會處罰她。可是她跟我發誓，她不知道那咬痕是怎麼來的。」

路易絲嘆了一口氣。她低著頭，似乎有所遲疑。

「我答應要守口如瓶的。一想到自己要打破對小孩許下的承諾，心裡就難受。」

她脫下身上的黑色背心，解開長袖襯衫洋裝鈕子，露出了她的肩膀。米麗安湊近看，又是訝異又是噁心地不禁叫喊出聲音。她仔細看著包住路易絲肩頭的那道褐色痕跡。那是舊疤痕了，不過還是能夠清楚看見小顆牙齒咬進肉裡，並且撕扯出傷口的痕跡。

「是蜜拉做的嗎？」

「聽好了，我答應過蜜拉不會說出去的，所以請您別告訴她。要是我們之間的信任被破壞了，我相信她的情緒會更不穩定，您不認為嗎？」

「啊！」

「她有點嫉妒弟弟，不過這其實很正常。交給我處理，好嗎？一切都會沒事的。」

「好吧，或許吧。不過，說真的，我完全不懂。」

「您不需要懂。小孩子就跟大人一樣，沒有什麼要懂的。」

26

當米麗安告訴路易絲，他們全家要去山上，到保羅的父母家住一個星期時，她的表情立刻顯得陰沉，讓米麗安每次一回想便起了雞皮疙瘩。路易絲憤怒的眼神中吹起了一陣風暴。這一晚，保母沒跟孩子道別就走。她異常沉默，不聲不響如同一個幽魂，關門離開。亞當與蜜拉說：「媽媽，路易絲不見了。」

幾天之後，在出發時，希勒薇前來接他們。路易絲事先完全不知道希勒薇會來，對此毫無心理準備。這個活潑、古怪的奶奶，邊大叫邊進了屋子。她一把將袋子丟到地上，便和兩個孩子在床上翻滾，還答應他們，在那一星期當中，會讓他們盡情狂歡、玩遊戲、大吃大喝。米麗安轉過頭，因為婆婆的滑稽動作而發笑，在那當下，她看見了保母站在廚房看著他們，面色像死人一樣蒼白，雙眼因為黑眼圈所以像是陷進了眼窩裡。她嘴裡似乎喃喃念著什麼。在米麗安走向她之前，路易絲已經蹲下身子闔上一只行李箱了。

米麗安試著理性思考。她沒有背負罪惡感的理由，也不欠保母什麼。只是，她沒來由地感覺自己像是搶走了路易絲的小孩，或是拒絕了她什麼，也像是在懲罰她。

或許是路易絲這麼晚才知道這個消息，來不及安排自己的假期，才不開心了吧！或者，她只是因為兩個孩子要和希勒薇在一起所以生氣了。路易絲對希勒薇的敵意很深。當米麗安抱怨婆婆時，保母就會跟著生氣。她是站在米麗安這一邊的，只不過她總是過於激動地指責希勒薇是瘋子、太歇斯底里、對孩子有不良影響，還慫恿自己的女雇主態度要強硬，別讓希勒薇給欺負了，更嚴重的是，她要米麗安避免讓希勒薇接近孩子。在那當下，米麗安一面感覺得到了支持，另一方面又覺得有些尷尬。

當車子準備發動時，保羅拿下了左腕戴著的手錶。

他問米麗安：「可以幫我收進妳的包包裡嗎，拜託？」

二個月前，因為和一個著名的歌手簽約，所以他給了自己這只手錶。是一個朋友讓他用很划算的價錢，買下這只二手勞力士手錶。保羅掏錢之前猶豫了很久。他很想要這只手錶，也覺得這只手錶非常完美，只不過他對於自己的戀物與膚淺的欲望有些羞恥。當他第一次戴上時，這只手錶看起來又大又漂亮。隨後，他覺得這只手錶重而浮誇，於是總會不停地將外套袖子往下拉好遮住它。不過不用多久的時間，他便習慣了左手手腕上的這個重量。這個他唯一（也是第一次）擁有的珠寶，其實款式簡約低調。他有權利討好自己，況且這錶又不是偷來搶來的。

米麗安知道丈夫很愛這只錶，於是問：「為什麼你把手錶拿下來了？是故障了嗎？」

「沒有，沒壞，不過妳知道我媽媽她是不會了解的。我可不想為了這只錶被她念上一整晚。」

他們在夜晚來臨前抵達了這間冰冷、大半的房間都還在施工的屋子。廚房的天花板似乎隨時都會坍塌，浴室裡還有裸露的電線從上方垂下。米麗安很討厭這個地方。她得為了孩子提心吊膽。她會眼神驚惶、伸直雙手地跟著孩子到屋內的每個角落，準備在孩子摔倒時及時扶住他們。她會打斷他們的遊戲，不是念著：「蜜拉，去加一件毛衣。」就是說：「你們不覺得亞當鼻子不通嗎？」

一天早上，她醒來時覺得身體都凍僵了。她呵暖亞當冰冷的小手；並擔心起蜜拉的蒼白臉色，硬要她在室內戴著帽子。希勒薇則選擇不開口干涉。她想要孩子和她在一起時，能夠盡情展露原本被禁止的瘋狂與想像力。她不會給孫子一堆無意義的禮物，如同一般父母為了補償自己的缺席所做的那樣。她也不會在意自己說話時的用詞，結果老是惹來米麗安與保羅的斥責。

為了故意惹媳婦不高興，希勒薇會叫孩子們「我從鳥巢摔落的小小鳥兒」。她喜歡對他們抱怨城市生活，抱怨得忍受粗野與汙染。她想要拓展這些孩子的眼界，不讓他們成為循規蹈矩，一方面順服權威，一方面又專制獨裁之人——也就是懦夫。

希勒薇要自己忍耐。她盡可能克制自己不要談及小孩子的教育問題。幾個月之前，她和媳婦劇烈爭執。那是一種不會隨著時間過去而淡忘的爭吵：就算在許久許久之後，只要兩個人一見面，那次爭執所說的話語，就會持續在腦中迴響。當時，每個人都喝了酒，而且喝得太多。感性的米麗安希望希勒薇能夠傾聽並且同理她的心聲。她埋怨見不到孩子，以及這個沒有誰會對她好的瘋狂生活。可是希勒薇並沒有安慰她，也沒有一手抱住米麗安的肩膀。相反的，她全力攻擊媳婦。她的武器，顯然早已磨尖磨利，待時機一到，便能隨時上場迎敵。希勒薇責怪米麗安花太多時間工作（然而她自己在保羅童年時可也是職業婦女，還老向人誇耀保羅的獨立）。她把米麗安說成不負責任、自私的人，還屈起手指數起米麗安在亞當生病、保羅結束唱片錄音工作之時的出差次數。希勒薇說，要是兩個孩子很討人厭、霸道、任性，全都得怪米麗安，還有路易絲那個劣等的保母——那個米麗安出於懶惰和心軟而依賴的母親代用品。米麗安哭了起來。錯愕的保羅什麼話都說不出來。希勒薇舉起雙手，又說了：「啊，她哭了！你們看。她哭了，你們要安慰她，因為她沒辦法聽實話。」

每次米麗安見到希勒薇，那晚的回憶就會令她心情鬱悶。那一晚，她感覺彷彿遭到襲擊、被摔到地上，還被刺了好幾刀。她在丈夫眼前，肚破腸流地倒在地上。她沒有力氣駁斥希勒薇的控訴——她很清楚有部分確實讓希勒薇給說中了，然而她認為那些部分不僅是她的命運，也是其他許多女性得背負的命運：那一晚，沒有任何一刻寬容或是溫柔對待，也沒有任何母親給母親，女人給女人的建議。

吃早餐的時候，米麗安眼睛盯著手機不放。她急著想進入信箱，可是網路速度過慢，讓她氣得差點把手機往牆上砸。她歇斯底里地威脅保羅要回巴黎去。希勒薇挑起眉，明顯地表現出不悅。她希望兒子娶的是另外一種類型的女人：更溫柔、更愛戶外活動、更隨興的女人；一個會喜歡大自然、山區健行，也不會抱怨這間可愛的屋子不舒適的女人。

很長的一段時間當中，希勒薇會反反覆覆一再地講著同樣的事情：她的青春時期、過去的志願入伍、革命的同伴。隨著年紀增長，她也學會了克制自己。她尤其明白每個人都不在乎她對於這個無恥之徒的世界、以電視與屠宰動物為食糧的蠢蛋世界，所構想的模糊理論。她在他們的這個年紀時，只夢想著要進行革命。「那時的我們怎麼說還是有點天真啊！」她的丈夫多明尼克這麼說。看她不愉快，他也不好受。「天真？或許吧，可是我們沒那麼混蛋。」她所懷抱的理想，全變得微不足道，她清楚自己的丈夫對此完全不了解。他只是出於禮貌傾聽她的失望與焦慮。她為兒子所變成的樣子哀嘆，「你還記得嗎？他以前是個無拘無束的男孩子啊！」她也可憐兒子活在妻子的桎梏之下、並且成為妻子貪錢與虛榮的奴隸。長久以來，她一直相信，一場由兩性引導的革命將會爆發，從而催生出一個與今不同的世界；她的孫子也將會在那個世界之中成長——一個我們會有時間過好生活的世界。多明尼克對她說：「親愛的，妳太天真了。女人和其他人一樣，都信奉資本主義呢！」

米麗安在廚房裡來回踱步，手裡還緊緊握著她的手機。多明尼克為了緩和氣氛，提議到外頭走走。米麗安情緒和緩了下來，她給孩子套上三件毛衣、圍巾及手套。一旦走到了戶外，腳踏進了雪地，兩個孩子開始興奮地跑來跑去。希勒薇帶了兩個保羅和弟弟派提克小時候用的舊滑雪橇。米麗安壓抑住擔憂的心情，屏住呼吸，看著孩子滑下坡。

「他們會摔斷脖子的。」她心想，然後為此哭了起來。她不斷地對自己說：「路易絲，她一定會懂我的心情。」

保羅很開心。蜜拉朝他打了大大的手勢，說：「爸爸，你看我。你看我怎麼滑雪橇！」他為女兒加油。之後，他們在一家迷人的小旅店裡用餐。壁爐裡，燃燒的木炭發出了細微的劈啪聲。

他們全家在偏僻的角落裡靠著窗坐。燦爛陽光從玻璃照了進來，也照亮了兩個孩子粉撲撲的雙頰。蜜拉滔滔不絕地說話，逗趣的話語，惹得幾個大人哈哈大笑。亞當很難得地食欲特別好。

當晚，米麗安與保羅在兩個孩子的房間裡，陪伴著累壞了的孩子。蜜拉與亞當靜靜地不吵不鬧，他們四肢疲憊，小小心靈裡裝滿了喜悅與新發現。孩子的爸媽在他們的身邊遲遲不想走開。保羅席地而坐，米麗安則是坐在蜜拉的床邊。她輕輕地替女兒蓋好被子，撫摸著她的頭髮。夫妻倆好久沒有像此刻一樣，一起哼著那首搖籃曲。他們在蜜拉出生時，學會了這首曲子，也把歌詞背得滾瓜爛熟。當蜜拉還是個寶寶時，兩人總是一起唱給她聽。兩個孩子閉上了眼睛。為了要陪伴他們入夢，也為了不與他們分開，他們依然繼續哼唱著。

雖然保羅不敢對妻子說，但是這一晚，他心頭輕鬆了許多。從抵達這裡的那一刻起便壓在胸口的重量，彷彿消失了。在半夢半醒間，被凍僵的他考慮回去巴黎。他幻想著他的屋子就像個被腐爛水草盤據的水族箱：一個空氣不再流動，而被剝去皮毛的毛皮動物在那裡邊呻吟邊不停轉圈的坑。

但一進家門，那些灰暗的想法立即煙消雲散。客廳裡，有路易絲擺上的一束大理花。晚餐已經準備好了。床單散發著洗衣劑的香氣。在過去的一星期當中，他們總是睡在冰冷的床鋪、在餐廳飯桌上吃不定時準備的餐點，此刻，他們終於幸福地重溫家居生活的舒適。他們心想，生活中是不可能沒有路易絲了。他們的反應就像是被寵壞的孩子、被豢養的貓咪。

27

在保羅與米麗安出發之後的幾個小時，路易絲回頭往高村路走。她進了馬塞家的公寓，拉開了米麗安闔上的百葉窗。她換了所有的床單，清空了壁櫥內的東西，把隔板洗乾淨，把米麗安不願意拿下的柏柏爾地毯拿下來甩掉灰塵，再以吸塵器吸地。

當該做的工作一完成，她坐在沙發上打盹。整個星期，她足不出戶，一整天開著電視，就只是待在客廳裡。她從不睡保羅與米麗安的床。她在他們的客廳裡生活。為了不花半毛錢，她吃冰箱裡有的東西，拿了一點食物儲藏室裡的存糧——米麗安絕對不會知道的。

繼新聞、益智節目、時事評論、她覺得好笑的脫口秀之後，播映的是烹飪節目。《刑案調查》播映時，她睡著了。一晚，她跟著節目的腳步，追蹤起一名男子的死亡案件。那名男子被發現陳屍在山區村口的小屋內。屋內的百葉窗有好幾個月不曾打開過，信箱裡的信也滿了出來，然而卻沒有人懷疑屋主可能出事了。直到一次鄰里疏散時，消防員才終於打開屋子大門，發現了屍體。那具屍體因為屋內的涼爽溫度以及不流通的空氣，幾乎木乃伊化了。旁白數次強調，多虧冰箱裡優格罐上標示的保存期限（都已經過期好幾個月了）才得以推定男子的死亡日期。

一天下午，路易絲突然驚醒。她睡得沉重，以致於醒來時感傷、迷惘，還有滿腹的淚水。一場極為深沉、黑暗的睡眠；在那樣的睡眠中，我們會看見自己死去，還會渾身冒冷汗，並且反常地疲累。激動不安的她坐了起來，拍打著自己的臉。她頭疼到眼睛勉強才能睜開，還幾乎聽得見心臟猛烈地怦怦跳動。她找著鞋子，忿忿地哭著踏上鋪木地板。她遲到了。孩子會等著她接，學校會打電話給她，托兒所會通知米麗安，保母沒有來接亞當。她怎麼可以睡著呢？她怎麼可以這麼輕率呢？她得出門、得跑快一點，可是她找不到房子鑰匙。她到處找了又找，終於在壁爐上看見了鑰匙。她踏上樓梯，啪地關上了樓房大門。一出外頭，她感覺所有人都在看著她，而往下坡路跑的她，發瘋似的氣喘吁吁。她手按著肚子，側腹疼得要命，但是她並沒有放慢腳步。

馬路上不見交通導護。通常總會有人穿著反光背心，手持一面小標示牌：像是這個缺牙的年輕人（她懷疑他才剛出獄），或是這個知道小孩名字的高大女黑人。校門前同樣也不見人影。路易絲獨自一人，像個傻子。一股酸澀刺激著她的舌頭，令她想嘔吐。孩子都不在那兒。此時，她含著淚水，低垂著頭在路上走。兩個孩子去度假了，只有她一個人，而她卻忘了。她失魂落魄地拍著自己的額頭。

瓦法時常一天打好幾通電話給路易絲，她總會說：「沒什麼事，就只是聊聊。」一天晚上，她主動提議到路易絲那裡，因為她的雇主也去度假了，她難得能夠隨心所欲做自己想做的事。路易絲揣想著，自己在瓦法眼中是個什麼樣的人。她實在很難相信有人會這麼熱情地想要找她作伴，可是前一晚的夢魘依然煩擾著她，於是她答應了。

路易絲和她的朋友約在馬塞家的樓下碰面。當她們走進大廳，瓦法高聲地說著她準備給路易絲的驚喜，就藏在她手上的塑膠編織袋裡。路易絲示意要她閉上嘴巴，就怕別人聽見。路易絲慎重地上了樓，打開大門。眼前的客廳讓她感到悲傷，於是她摀住了眼。她真想沿著原路回去，想推瓦法下樓，也想回到會不斷播送影像、至少讓她安心的電視機前。可是瓦法把塑膠編織袋往流理臺上一擱，接著從袋子裡拿出了幾小包香料、一隻雞。袋子裡還有幾個玻璃盒。她拿出了其中一個，裡頭裝著她的蜂蜜蛋糕。「我煮給妳吃，好嗎？」

這是路易絲生平第一次坐在沙發上，看著某個人為她下廚。就連孩提時，她也不記得看過有哪個人特別為她這樣做，就只是為了讓她開心。她小時候總是吃別人的剩菜剩飯。他們會在早晨時給她喝溫涼的湯——那道湯日復一日地重新熱過，直到最後一滴為止。就算盤緣凝著一圈油脂；就算嘗起來有酸蕃茄味與啃過的骨頭味，她也得全部喝下去。

瓦法給兩個人各倒了一杯伏特加，在杯內又倒進了冰蘋果汁。「酒呢，我喜歡喝甜的。」她邊說，邊舉杯與路易絲乾杯。瓦法站著，沒有坐下。她把小擺設拿起來，又看著書架上的藏書。一張照片吸引了她的注意。

「照片的人是妳嗎？妳穿這件橘色洋裝很好看呢！」照片裡的路易絲，披散著頭髮微笑著。她坐在一面矮牆上，兩臂各夾著一個孩子。米麗安堅持把這張照片擺在客廳的某個架子上。「因為您是這個家裡的一分子啊！」她是這麼對保母說的。

路易絲清楚記得保羅拍下這張照片的那一刻。米麗安進了一家陶瓷店，然後遲遲無法抉擇。在狹窄的商店街上，路易絲看著孩子。蜜拉站在矮牆上，想要抓一隻灰貓。就在那個時候，保羅說：「路易絲，孩子們，看我。這個光好美。」蜜拉挨著路易絲坐下。保羅喊：「好了。笑一個！」

路易絲說：「今年，我們會回到希臘。會回錫夫諾斯島。」她伸出塗上指甲油的手指，指著那張照片，又說，雖然他們還沒有提，可是她很確定他們會再次回到那座島嶼，在澄淨的海水中游泳，在港口享用燭光晚餐。她對坐在她腳邊的瓦法解釋，米麗安會列清單。從客廳到他們的被子底下，到處都找得到她列的清單。米麗安在清單上寫下了即將再度出發的字語。他們會在地中海的小海灣散步。他們會抓螃蟹、海膽，還有海參。路易絲會看著海參在水桶底部收縮。她會游泳，還會愈游愈遠，而亞當今年將會和她一起游。

當假期接近尾聲，在離開的前一夜，他們肯定會去米麗安很喜歡的一家餐廳。那家餐廳的老闆娘會讓小朋友挑選貨架上的活魚。然後，他們會喝點酒，而路易絲會向他們宣布自己不會回法國的決心。「明天我不搭飛機。我要在這裡生活。」當然了，他們一定會很驚訝，還會以為她是在開玩笑。他們哈哈笑了起來，不過不知道是酒喝多了，還是覺得尷尬。隨後，他們對保母的決定感到擔憂，並且試著勸她。「哎呀，路易絲，這沒有道理啊！您不能留在這裡，而且，您要靠什麼過活呢？」當他們話說到這裡，就輪到路易絲笑了。

「當然，我有想到冬天的時候。」這座島嶼入冬後，絕對會換上不同的面貌。這塊乾燥的岩石、這一叢叢的奧勒岡與薊，在十一月的光線下，想必會顯得極不友善。而當第一場暴雨來襲時，天色會變得十分陰暗。不過她對自己的決定不會後悔，也不會有人讓她走上回家的道路。或許她會換座島嶼，可是她絕對不會回頭。

「或者，我什麼都不說，然後就這樣——」她彈了下手指。「突然消失。」

瓦法認真地聽路易絲談論自己的計畫，然後輕而易舉便想像出藍色的水平線、狹窄的石板路，以及早晨的海浴，從而感受到了一股濃厚的思鄉之情。路易絲的談話喚醒了她的回憶——夜晚暗礁上那股辛辣的大西洋氣息、在齋月時，全家人一同觀看的日出。可是路易絲突然迸出的笑聲，打斷了瓦法的思緒。路易絲像個害羞的小女孩，摀著嘴巴笑了起來，接著把手伸向在她身旁坐下的朋友。坐在沙發上的兩人互相乾杯。此刻的她們，看起來就像是兩個年輕女孩、兩個同學，因為一個玩笑、一個只有彼此知道的祕密，所以心照不宣。這兩個迷失在成人布景之中的小女孩。

瓦法天生個性就像媽媽、姊姊一樣會照顧人。她不忘要路易絲喝杯水，她會去煮咖啡、讓路易絲吃東西。路易絲伸長腿，雙腳交叉地直接擱上了桌子。瓦法看著路易絲骯髒的鞋底就在自己的杯子旁邊，心想，路易絲一定是喝醉了，才會做出這樣的舉動。瓦法向來欣賞路易絲的態度、拘謹而禮貌的舉止，她想，一定會有人因此以為路易絲屬於中產階級。瓦法將光著的腳擱在桌邊，然後以色瞇瞇的語氣對路易絲說：「說不定妳會在妳的島上遇見某個人呢！一個愛上妳的希臘帥哥。」

「喔，不會的。」路易絲回答：「我去那裡，就是為了不要照顧任何人。可以想睡就睡，想吃什麼就吃什麼。」

28

起初，瓦法的婚禮並沒有準備要做什麼。兩人就只是到市政府簽文件，瓦法會按月匯款給尤瑟夫，直到拿到法國證件為止。可是那位準新郎最後改變了心意。他說服了自己的媽媽——其實這也是這位媽媽的期待——還是要宴請幾個朋友比較得體。「這怎麼說都是我的婚禮。而且這麼做，說不定比較能夠取信移民局。」

某個星期五早晨，瓦法與尤瑟夫約在諾西勒賽克的市政府前見面。路易絲第一次當證婚人。她穿上天藍色小圓領衫，戴上了耳環。她在市長遞過來的紙張底下簽名。這場婚姻看起來幾乎就像真的，甚至眾人的歡呼聲「新郎新娘萬歲！」還有掌聲，全都顯得相當真誠。

這一小群人走到了一家叫「阿加迪爾瞪羚」的餐廳。這是瓦法的一個朋友開的，她也曾經在裡頭當過服務生。路易絲觀察站著的這些人。他們比著手勢，邊笑邊互相拍著肩膀。尤瑟夫的哥哥在餐廳前停了一輛黑色四門廂型小客車，車身上掛了十幾條金色塑膠緞帶。

餐廳老闆播放了音樂。他一點兒也不怕吵到左鄰右舍，反而認為如此一來，經過的路人就會隔著玻璃窗看見豎起的桌子，羨慕起賓客的歡樂。路易絲觀察起那些女人。她尤其注意她們的大臉、厚實的手、還有腰帶繫得太緊而突顯出的龐大髖部。她們大聲說話、哈哈笑、從餐廳的兩頭相互叫喚；她們團團圍著被安排坐在主桌的瓦法——她的這個位置，包括路易絲在內，誰都不能更動。

路易絲則是被安排坐在餐廳最裡頭，離靠馬路的那扇窗戶有段距離，身旁坐著當天早上瓦法介紹給她的男人。「他是我跟妳提過的艾維。我那間傭人房就是艾維裝修的。他就在附近工作。」瓦法故意讓他們倆坐在一起。這種男人與她相配。這種類型的男人，除了路易絲之外，沒有人會揀，就如同她揀舊衣服、別人看過的缺頁舊雜誌、甚至是小孩子咬過的格子鬆餅那樣。

她並不喜歡艾維，而瓦法注視的目光也令她不自在。她討厭這種被監視、落入圈套的感覺，而且這個男人又實在平庸得可以。他沒什麼討人喜歡的地方。首先，他的身高只比路易絲高一點點；他的腿很健壯，但是太短；他的髖部太窄，也幾乎沒有脖子；當他說話的時候，有時會把頭縮進肩膀，就像隻害羞的烏龜。路易絲不住地看著他那雙放在桌上的手。那是雙屬於工人、窮人、老菸槍的手。她還注意到他有缺牙。這個人的外表絲毫不出色，身上也散發出一股酒與小黃瓜的氣味。她心中的第一個想法，就是會羞於將他介紹給米麗安與保羅。他們會覺得失望。她確定他們會認為這個男人不夠好。

反倒是艾維凝望著路易絲時所心懷的慾望，就如同一個老頭在面對一個或許會對自己有點興趣的女孩。他覺得她是那樣地高雅、嬌弱。他打量著她精緻的頸項、輕巧的耳環，觀察著她擱在膝蓋上，並且扭絞著的手；那雙膚色白晰、粉色指甲的手，看上去像是沒有承受過折磨、經歷過勞苦。當他有時去老人的家幫忙或是做工程時，總會看見陶瓷娃娃坐在架子上，而路易絲令他聯想起那些娃娃。路易絲臉部的線條，也正如那些陶偶一樣，幾乎凝結不動。她偶爾表現出的強硬態度相當迷人。她眼神茫然，讓艾維不禁想喚她回神。

他對路易絲說起自己的職業：兼職外送司機。他也會替人服務，修理東西或是搬家。一個星期有三天會在胡斯曼大道的某家銀行停車場擔任警衛。他說：「這讓我有時間看書，偵探小說。不過也不限於這種類型。」當他問她平常都看什麼書，她不知道該回答什麼。

「音樂呢？妳喜歡音樂嗎？」

他非常熱愛音樂。他用紫色的短手指做出撥吉他弦的動作。他談起過去，那個還聽錄音帶的時期；那個他還視歌手為偶像的時期。當時，他留長髮，崇拜吉他之神吉米・罕醉克斯。他說：「我給妳看一張照片。」路易絲發覺自己從來沒聽過音樂，也沒有喜歡過音樂。她只聽過兒歌、母傳女的單押韻歌曲。一晚，米麗安正巧聽見路易絲與兩個孩子哼著一首歌曲。她對路易絲說她的聲音很好聽。「真可惜。您說不定本來可以當歌手的。」

路易絲沒注意到大部分的賓客並不喝酒，每張桌子的中央只擺了一瓶汽水與一大壺水。艾維在他的右邊地上偷偷放了一瓶酒，當路易絲杯子見底時，便會替她倒滿。她小口小口慢慢地喝。她習慣了那震耳欲聾的音樂、在場賓客的吆喝聲、年輕男孩嘴巴貼著麥克風所發表的難懂演說。她甚至面帶微笑地觀察瓦法，忘了這一切原只是一場化妝舞會、一場騙人的遊戲、一場騙局。

她喝著酒。不舒適的生活、畏畏縮縮地活著，這所有的痛苦全溶在這一杯杯啜飲入口的葡萄酒之中。餐廳與艾維的平庸，全都忽然有了新的轉變。艾維的聲音很溫柔，而且他知道什麼時候該閉嘴。他望著她，微笑著，雙眼低垂看向桌面。當他沒什麼話可說，便什麼話都不說。他那雙沒有睫毛的小眼睛、稀疏的頭髮、泛紫的皮膚、舉止態度，在路易絲眼中，已經沒有那麼討厭了。

她答應讓艾維送她。他倆一同走到地鐵站入口。她向他說再見，而後頭也不回地走下樓梯。艾維在走回餐廳的路上，心裡是想著她的。她住進了他的思緒裡，就如同一首英文歌揮之不去的旋律。他並不懂那首歌的歌詞，可是儘管經過那麼多年，他仍然繼續發音不準地哼唱著他最喜歡的副歌旋律。

29

早上七點半，路易絲一如往常地打開了屋子大門。保羅與米麗安正站在客廳裡，似乎正等著她到來。米麗安的神情，就像是一頭徹夜在籠子裡打轉的飢餓野獸。保羅打開電視，難得允准孩子在上學前看卡通。

「你們待在這裡，別亂跑。」保羅吩咐這兩個嘴巴開開、盯著電視、完全被一群歇斯底里的兔子給迷住了的孩子。

三個大人把自己關在廚房裡。保羅請路易絲坐下。

保母問：「要不要給您煮杯咖啡？」

保羅冷冷地回答：「不用了，謝謝。」

米麗安站在保羅身後，眼睛一直望著地面，手蓋著嘴唇。「路易絲，我們收到了一封信，而這封信讓我們頗為困擾。我得向您坦承，我們所知道的事情讓我們很不開心。有些事情我們就是無法容許。」

他盯著手上的信封，一口氣說完了話。

路易絲屏住呼吸。她甚至再也感覺不到自己的舌頭，她必須咬著嘴脣，好讓自己不哭出來。她好想學小孩子，摀住耳朵、大喊大叫、在地上打滾，使出所有耍賴的招式，只希望沒有這場對話。她嘗試辨認出保羅手上的信封是什麼，可是無論是地址或內容，她什麼都看不見。

突然之間，她相信這封信是坎伯格太太寄的。那個老妖婦一定是在保羅與米麗安不在家時，窺探她的一舉一動，現在扮演起了告密者。她寫了一封告發信，信裡全是毀謗的字句，好排解自己的孤單寂寞。她想必是寫著路易絲在他們家裡度假，還找瓦法來玩。倘若信的內容真是如此，那麼，她甚至不會在信裡署名，好增添這封信的惡毒與神祕。她肯定還捏造了一些事情。她在紙上寫下了老太婆的幻想、老年人的淫蕩妄想。路易絲沒辦法承受這樣的事情。不，她沒辦法承受米麗安的眼光；那種以為她睡在他們的床上，還瞧不起他們的嫌惡眼光。

路易絲渾身僵硬，手指因為怨恨而繃緊，她把手放在膝蓋底下，想隱藏住雙手的顫抖。她的臉和脖子都變得慘白，雙手猛力地梳著頭髮。保羅等著她的反應。

接著，他又繼續說：「路易絲，這封信是財稅局寄來的。他們要求我們從您的薪水裡扣住您欠他們的金額，顯然您已經積欠了好幾個月，但是您從來沒有回覆過他們的催款信！」

保羅確信自己看見了保母眼神中所透露出的如釋重負。

「我明白這個程序會讓您覺得困窘，可是我們也不好過，您明白嗎？」

保羅把信遞給身體僵住不動的路易絲。

「您看看。」

路易絲用溼黏且顫抖著的雙手接過信封，抽出了信紙。儘管眼前一片模糊，她仍然做出讀信的模樣，只是她什麼也看不懂。

米麗安說明：「他們這麼做，表示這已經是他們最後的手段了，了解嗎?您可不能這麼不在乎。」

路易絲回答：「我很抱歉，我很抱歉，米麗安。我向您們保證，我會處理的。」

「需要的話，我可以幫您。您得把所有的文件都拿給我看，我們才能找到解決的辦法。」

路易絲眼神茫然地張著手掌，摩擦起了臉頰。她知道得說些什麼。她很想抱住米麗安，緊緊地摟著她，請求她的幫忙。她希望告訴她，自己很孤單，而且孤單得不得了，有太多的事情發生在她身上；太多的事情沒辦法說出口，可是卻很想說給米麗安聽。她發著抖，心裡很慚愧，不知道如何自處。

然而路易絲裝出若無其事的樣子。她辯解那只是誤會，還提起了搬家的事情當作藉口。她把過錯全歸給她那幾乎不懂得設想，也很會隱瞞事情的丈夫傑克。她無視於事實，也無視於證據，一概否認到底。她的說法既缺乏條理又可悲，讓保羅不禁翻了個白眼。

「算了算了。那是您的事情，您就去處理吧！我不想再收到這樣的信了。」

那些信，從傑克的家到她住的套房，一直跟著她不放，最後還跟到了她的地盤、她獨力維護的這間屋子。他們把未結清的傑克醫藥費、高額的房屋稅，還有其他路易絲不知道怎麼來的信貸欠款，全寄到這兒來。她曾經天真地想，只要繼續不回應，他們終究會放棄追討。她也想過應該裝死就好，畢竟自己沒有什麼價值，也一無所有，對他們不會有什麼影響，有必要追捕她嗎？

*

她知道那些信在哪裡。那一堆沒丟掉的信，全都壓在計算機底下。她很想放把火燒掉，反正那些長到不行的句子、紙上的圖表、一欄欄總額不斷增加的數字，她完全不懂，就如同她教史蒂芬妮寫作業的當時：她考史蒂芬妮聽寫，想辦法幫她解數學題，她女兒笑她：「數學妳懂什麼？妳這個人又什麼都不行。」

當晚，在幫小孩換上睡衣之後，路易絲在他們的房間裡逗留不走。米麗安站在門口等她，直接了當地說：「您可以回家了。我們明天見。」路易絲很想留下來。她想睡在這裡，就在蜜拉的床腳下。她不會發出任何聲音，也不會打擾到誰。路易絲不想回到她的套房。每一晚，她回到家的時間會比前一天來得晚。她低垂著眼，將披巾往上圍住了下巴，在路上走。她害怕遇見她的房東（一個紅髮、眼睛充血的老傢伙）。他是個吝嗇鬼，只是因為「在這一區，租房子給白種女人幾乎會讓人跌破眼鏡」，才甘冒風險相信她。現在他應該後悔了吧！

在地鐵站裡，她得咬緊牙關才能不哭出來。一陣冰冷、陰險的雨，打溼了她的大衣、頭髮。一顆顆從門廊滴下的大顆水珠，先是落在她的脖子上而後滑落，令她打起了哆嗦。當她到達她住的那條街的轉角處，儘管荒涼不見人煙，她卻感覺到有人正在監視著她。她轉過身，連一個人影也沒有。接著，在半明半暗處，她看見了有個人蹲在兩輛車子之間。她還看見他那兩條光溜溜的大腿。那個人的一雙大手放在自己的膝蓋上，其中一隻手中拿著報紙。他看著她，神情不見敵意或是尷尬。她倒退了幾步，感覺想吐得厲害。她想要大叫，找人來當證人。一個男人在她住的街上，當著她的面拉屎。這個人顯然沒有了羞恥心，並且習慣不顧尊嚴與廉恥就排便。

路易絲一直跑到了住家大樓的門前，一邊渾身發抖一邊爬上樓。她整理了家裡的所有東西，換了床單。她想要沖個澡；想站在蓮蓬頭下一直沖著熱水，讓身體能夠暖和。可是她的淋浴器塌陷，無法使用。淋浴盆底下的木頭因為腐爛所以斷成了兩半，結果整個淋浴器幾乎垮了。從那時開始，她便戴著沐浴手套在洗手臺洗澡。她在三天前，還是坐在一張塑膠椅上洗頭的。

她躺在床上，一直沒辦法睡著。她不斷地想起那個在暗處的男人。她忍不住幻想，不久以後，就會換作是她。儘管這間公寓非常骯髒，她還是得被迫離開，然後，她就會在路上大便，就跟動物一樣。

30

隔天早上，路易絲沒能爬起床。她發燒了，燒了一整夜，而且燒得牙齒直打顫。她的喉嚨腫脹，還出現了許多潰瘍，就連口水也難以吞嚥。當電話響起，時間才七點半，她看見螢幕上顯示米麗安的名字，可是她沒接。她睜開眼睛，伸長手按掉了電話，頭埋進枕頭裡。

電話又響了。

這一次，米麗安留了語音訊息。「路易絲早，都還好嗎？現在快八點了。蜜拉從昨晚就不舒服。她發燒了。我有非常重要的事情得處理。我說過，我今天得進行辯護。希望一切都很好，沒有什麼事情發生。請聽到留言之後，回個電話給我吧。等您了。」路易絲把話筒扔向腳邊，把自己裹進被子裡。她想辦法忘記口渴而且尿急的感覺，就是不想離開被窩。

她將床推去靠牆，以便更能感受到暖器的微弱熱度。她只是躺著，鼻子都幾乎貼著玻璃窗了。她望向街上枯瘦的樹木，再也找不著任何出口。她心裡奇怪地確信著，努力也是沒有用的，所以面對形勢，她只能任憑漂流、占據、無能為力、保持被動。前一夜，路易絲收齊了所有信件之後，一封封地拆開，再一一地撕碎。她把紙屑丟進洗手臺，打開了水龍頭。一張張溼了的紙屑逐漸糊成骯髒的一團，而後在她的注視下，於這道滾燙的熱水中崩散開來。電話響了又響。路易絲把手機塞進一個靠枕底下，然而尖銳的來電鈴聲妨礙她再度入眠。

與此同時，米麗安在家裡驚慌失措地踱步。條紋椅子上披掛著她的律師袍。「她不會來了。」米麗安對保羅說：「保母突然哪天失蹤，其實也不是新鮮事了，我已經聽過太多了。」她試著再撥電話給路易絲，然而毫無回應，讓米麗安一籌莫展。她責罵起保羅，怪他太嚴格、把路易絲當普通的員工看待。她下了結論：「我們侮辱她了。」

保羅試著說服妻子，說路易絲或許遇上麻煩，一定有什麼事發生。她從來就不敢像這樣，什麼解釋也不給，人就沒來。她那麼愛兩個小孩，不可能不告而別。「與其自己幻想出無稽的劇情，不如去找她的地址。妳去看她的合約。要是她一個小時之後還是沒接電話，我就直接去她家找人。」

當米麗安蹲著翻找抽屜時，電話響了。路易絲打來向他們道歉。電話中，她的聲音聽起來含糊不清。路易絲表示人很不舒服，下不了床，還說早上又睡著了，所以沒聽見電話鈴響。「對不起。」在電話中，她道歉了不下十次。這麼簡單的理由實在出乎米麗安的意料之外。她沒想到原來就只是普通的健康問題而已，因此感到有些不好意思，自己似乎一直以為路易絲不會倒下，也以為她的身體永遠不會感到疲累或是不舒服。米麗安回她：「我了解，好好休息吧。我們會想辦法的。」

米麗安與保羅打電話給朋友、同事、親戚。最後有人給了他們一個女學生的電話，說「可以找她應急」，幸運的是，那個女學生答應立即趕到他們家。這個漂亮的金髮女孩才二十歲。米麗安對她很不放心。女學生一進門，便慢吞吞地脫下高跟靴子。米麗安注意到她的脖子上有一塊嚇人的刺青。對於米麗安的叮嚀，儘管她口頭回答「好的」，卻一臉狀況外，彷彿只是想打發這個固執又神經兮兮的女雇主。面對在沙發上打盹的蜜拉，她也誇張表現出一定會相處融洽的模樣，甚至像個母親一樣為她擔憂，可是自己卻一副還沒長大的樣子。

然而就在當晚，當米麗安回到家，才知道自己才是最累的那個人。整間屋子十分髒亂：客廳到處散落著玩具，用過的碗盤堆在洗碗槽裡，小桌子上有乾掉的胡蘿蔔泥。女學生站了起來，一副囚犯自牢房中獲釋的模樣。她把錢收進口袋，手裡拿著手機，快步走向大門。稍晚，米麗安發現陽臺上有十幾根捲菸的菸屁股；兒童房的那個藍色五斗櫃上，一球融化的巧克力冰淇淋，損壞了五斗櫃的油漆。

31

這三天，路易絲惡夢連連。她並沒有沉沉睡著，而是陷入一種不正常的昏睡之中，她的思緒模糊，不適感愈形嚴重。夜晚時，某種內在的嘶吼盤據著她的身體，並且撕裂她的五臟六腑。她的睡衣緊黏著上身，牙齒不停打顫，整個人就只能這樣躺著，深陷在沙發床墊之中。她感覺有隻靴子的鞋跟踩著她的臉不放，嘴巴也像是塞滿了土；她的髖部更是抖動得像點燃的鞭炮尾。她完全失去了氣力，只有為了喝水或是上廁所，才會離開她的小窩。

突然，她從睡眠中睜開了眼，如同一個人因為游得太深太遠、缺乏氧氣，結果海水已不再是海水，而是成了暗黑的黏液，只能期待還有足夠的空氣、足夠的氣力，能夠浮出水面貪婪地大口呼吸，因而自海深之處往上游。

她在那本花卉封面筆記本上，記下了亨利蒙多醫院的醫生所用的醫學術語。「瞻妄性憂鬱症」。路易絲覺得這個名詞很美，也令她的哀傷突然多了一抹詩意，與某種逃避。她用奇特的筆跡（歪扭而有力的大寫字母）寫下這幾個字。這本小筆記簿的紙頁上，一個個的字，看上去就像亞當以推倒為目的而搭建起來的木頭樓房，搖晃而不穩。

路易絲第一次想到了年老的事情。年老，是身體開始失靈；是做動作擺姿勢都會讓人痛到骨子裡的狀態；也是開始增加醫療支出的時刻。然後，她想到即將在窗戶不潔的屋子裡，度過病態、臥床、生病的老年生活，竟感到一陣焦慮。她不斷地、偏執地想著這件事。她實在討厭這個地方。從淋浴間散逸出的霉味總令她困擾，她的嘴巴甚至嘗得出那個味道。屋子裡所有的接頭、所有的縫隙，無一不長滿了綠色的青苔，就算她再怎麼猛力刮除，夜晚時依然重新長出，而且還更加茂密。

於是，她的心頭起了一陣憤恨。一種使她奴隸式的精力、孩童式的天真遭到扭曲的憤恨。一種擾亂所有一切的憤恨。一個悲傷且模糊的夢境將她淹沒；一種對他人隱私見得太多、聽得太多——而她卻不曾有權利擁有隱私——的感覺，此時此刻煩擾著她。她想到，她從沒有過自己的房間。

*

經過了兩夜的焦慮之後，她自覺已經準備好重新工作了。她瘦了，而她那如小女孩般蒼白凹陷的臉，如同經過捶打般地變長了。她梳整頭髮、化妝，心情也隨著紫色眼影一筆一筆的刷上而變得平靜。

七點半一到，路易絲打開了高村路上的公寓大門。穿著藍色睡衣的蜜拉，奔向她，並且跳進了她的懷裡。她說：「路易絲，是妳！妳回來了！」

在媽媽懷中的亞當開始掙扎。他聽見了路易絲的聲音，也認出她的爽身粉氣味，以及踩在鋪木地板上的輕微腳步聲。他的小手推著媽媽的胸膛，而他的媽媽，滿臉微笑地將自己的孩子託付給了路易絲的溫柔。

32

米麗安的冰箱裡擺著一個個的盒子。一個個很小很小的盒子，層層疊疊地擺放；也有幾個包著鋁箔紙的盒子。在塑膠隔板上，有幾小片檸檬、一段不新鮮的小黃瓜、四分之一個洋蔥（每當冰箱門一開，整間廚房立刻瀰漫著洋蔥的味道），還有一塊只剩外層硬皮的乳酪。另外，米麗安也在盒子裡找到幾顆已經扁掉也失去鮮綠色澤的豌豆、三塊肉泥、一匙的粥、一些分量少到連麻雀都餵不飽的火雞肉絲……可是，這些東西依然被路易絲費力地收進了盒裡。

米麗安與保羅把這些當成了開玩笑的話題。路易絲的這種怪癖、這種害怕丟棄食物的恐懼症，開始讓他們覺得有趣了。他們談起這個保母會把罐頭刮得乾乾淨淨，會讓孩子舔優格盒子的種種行為，既覺得好笑，又覺得感動。

當米麗安趁著半夜，把他們不會修理的蜜拉的玩具，或是沒吃完的食物裝進垃圾袋，拿到樓下丟掉時，保羅便會一邊取笑她：「承認吧，妳怕路易絲罵！」一邊跟她到樓梯間。

此外，夫妻倆也很喜歡看著路易絲專心研究附近商店丟進信箱的廣告單，因為他們總是習慣隨手丟掉這些單子。保母還會收集折價券，並且得意地在米麗安面前獻寶——米麗安認為這個行為很蠢，但這個想法隨即又令她不好意思了起來。不過米麗安在丈夫與孩子面前，可是把路易絲當成了模範：「路易絲做得對。浪費是一點意義也沒有的。這世界上還有小孩沒東西吃呢！」

可是過了幾個月之後，這種怪癖變成了引發緊張的主因：米麗安會在心裡偷偷責怪路易絲的執念。她埋怨保母的嚴格與偏執。「讓她去翻垃圾桶吧，反正那不關我的事。」她很肯定地對保羅說。而這個男主人，一直深信必須擺脫路易絲的權力束縛才行。後來，米麗安以堅定的態度面對路易絲，禁止保母把過期的食物給兩個孩子吃。「對，就算只有過期一天也不行。就是這樣，沒得商量。」

一晚，米麗安很晚才回到家。那時路易絲的身體才剛康復不久。當她進門時，屋子裡頭一片黑暗，而路易絲身上披著大衣，手裡提著包包，在門後等著。她才對米麗安道再見，就急忙進了電梯。米麗安很累，累到沒有辦法跟她表示感激，或是思考她為何離開得這麼匆忙。

「路易絲是不高興嗎？所以呢？」

她大可以往沙發一躺，衣服沒換、鞋子沒脫地直接睡覺，但她卻往廚房走去，想給自己倒杯酒。她很想在客廳坐一會兒，喝一杯冰涼的白酒，順便在放鬆的同時抽根菸。要是她不怕吵醒孩子的話，甚至會去泡個澡。

她走進廚房，打開電燈。整個廚房看起來比平常還來得乾淨。空氣中飄散著濃郁的肥皂味。冰箱門清潔過了。流理臺上乾乾淨淨，一點兒東西也沒有。排油煙機不見油脂的痕跡，櫥櫃的門把也以海綿擦拭過了，就連她面前的那扇玻璃窗也乾淨得發亮。

但是就在米麗安準備打開冰箱時，看見了保母和小孩吃飯的小桌子上，擺了一個東西：一個盤子，上頭有一副雞的骨架。那副骨架外觀光滑，毫無肉質殘留，亦無任何殘存的雞肉。就如同經過一隻禿鷹，或者是一隻堅持而細心的昆蟲——總之，就是某種有害動物——的啃咬。

她凝視著那副棕褐色的骨架，望著其圓形的脊椎骨、尖銳的骨頭、光滑而根根分明的脊柱。大腿部位已經扯下，彎扭的翅膀部位倒是還在，只不過關節部位已經鬆弛，隨時就會斷裂。發亮、帶淺黃色澤的軟骨，看起來就像乾掉的膿包。米麗安從骨架凹洞處往內看，在細小的骨頭之間，她看見了胸廓那空洞、暗黑且不帶血色的內部。沒有了肉，也沒有了器官。這副骨架上雖無任何會腐敗的物質，然而，在米麗安眼中，卻是一個腐爛的動物屍體；一個汙穢的死屍，並且在這個廚房裡、在她的眼中，繼續地腐爛。

她確定自己在當天早上丟了這隻雞。這隻雞已經不能食用，她想要避免孩子吃壞肚子。她清楚記得，自己在垃圾袋上頭晃動著盤子，好不容易才把那隻動物、連同一身凝結成凍的油脂，搖進了垃圾袋裡。在一聲悶響中，那隻雞猛力摔進了垃圾桶底。米麗安乾嘔了一下。因為在清晨，這股味道會令她想吐。

米麗安往那隻動物靠近，不過她不敢伸手觸碰。這不會是不小心出錯，或是路易絲忘記的結果。更不會是個玩笑。不會的。這副骨架散發出甜杏仁洗碗精的氣味。顯然，路易絲以大量的清水沖過這副骨架，再加以刷洗，而後擺在桌上——如同一場復仇，一個邪惡的圖騰。

後來，蜜拉全都告訴她媽媽了。她邊笑邊跳，同時解釋路易絲是如何教他們用手指抓著吃。蜜拉與亞當兩人站在椅子上刮著雞骨頭上的肉。肉質很乾，因此路易絲准許他們邊吃邊喝大杯芬達汽水，免得噎著。路易絲極其謹慎地避免損壞骨架，時時緊盯著不放。她告訴他們那是一場遊戲，要是他們能夠認真遵守規則的話，便能夠獲得獎品。最後，他們就這麼一次可以吃兩顆酸味軟糖。

33

艾克多．路維爾

十年的時間過去了，可是艾克多．路維爾依然清楚記得路易絲的手。那雙手，是他最常觸摸的部位。那雙手，聞起來有花瓣壓碎的氣味，指甲總是塗上了顏色。艾克多握緊了那雙手，讓那雙手貼住自己。當他看電視時，可以感覺得到放在脖子上的那雙手。路易絲的雙手浸在熱水裡，摩擦著艾克多細瘦的身軀，在他的腋窩下滑動，搓洗他的陰莖、肚子、屁股。

艾克多躺在床上，將臉埋進枕頭。他掀起了睡衣上衣，向路易絲示意自己正等著她的撫摸。那雙手的指尖在男孩的背上游移。他的背部肌膚於是變得敏感，並且微微顫抖。男孩心滿意足之餘，也隱約察覺到路易絲的指頭為自己帶來了某種奇異的興奮感，而這樣的感覺令他有些羞恥，於是，男孩在這樣的心情當中，進入了夢鄉。

上學的路上，艾克多非常非常用力地握著保母的手。隨著年紀增長，他的手愈來愈大，也讓他愈來愈害怕壓碎路易絲如餅乾、如陶瓷的骨頭。路易絲的指骨在男孩的掌心中發出劈啪的碎裂聲，有時，男孩會想，是他主動握住路易絲的手，帶著她過馬路。

路易絲從未嚴厲對他，從來沒有。他不記得看過她生氣。他也確定她沒有打過他。只是，儘管他待在她的身邊好幾年，她在他腦海中的影像卻是模糊而不成形。路易絲的面容對他而言，似乎顯得朦朧，他不確定要是他倆在路上無意間擦身而過時，他能否認出她來。可是，她雙頰柔軟的觸感、她早晚撲上的爽身粉氣味、他孩童的臉貼住她腿上棕色絲襪的感覺、她親他的奇特方式——她親他時，有時候會用牙齒輕輕咬他，彷彿要藉此向他申明，她的愛帶有突如其來的野性，以及想要完整擁有他的欲望——這一切的一切，他都記得。

他也沒忘記她善於製作糕點，更沒忘記她帶到學校門口的蛋糕、她因為小男孩的貪吃而開心的表達方式、她做的蕃茄醬的味道、她在她煎好的半熟牛排上撒胡椒的方式、她做的磨菇濃湯——這些都是他經常回想起的記憶。在對著電腦螢幕吃冷凍食品之前的世界之中，有某種神話與童年相連結。

他也還記得，或是他以為自己記得，她對他極有耐性。他的睡前儀式，只要是遇上他的爸媽，總沒有個好結果。當艾克多哭著求媽媽別關門，要再聽一個故事，再喝一杯水，發誓自己看見了怪物或是肚子餓了，他的媽媽安娜．路維爾總是會失去耐性。

「我也是。」路易絲對男孩承認。「我怕睡覺。」路易絲對於惡夢總能寬容以對；她有本事摩娑他的太陽穴好幾個小時，也有本事用她那散發出玫瑰香氣的細長手指，陪著他走向夢鄉。她說服了女雇主在男孩的房裡留一盞燈。「我們沒必要讓他害怕成這樣。」

沒錯，她的離開令人心碎。他很想念她，而且非常非常地想念。他討厭取代路易絲的那個女孩。那個女學生會到校門口接他回家，會跟他說英文——就如同他媽媽說的，「智力的刺激」。他氣路易絲放棄工作、不遵守她滿懷熱情的承諾，也氣她發誓只會愛他一個人，沒有人能夠取代他，後來還是背叛她許以永恆溫柔的誓言。有一天，她不再出現了。艾克多不敢開口問，也不懂得為這個離他而去的女人哭泣，因為他雖然才八歲，卻已經能直覺到這種愛是可笑的，別人也一定會笑他，而表示同情的人其實就只是稍微裝裝樣子罷了。

艾克多低下了頭。他不說話。他的媽媽坐在他身旁的一張椅子上，一隻手搭著他的肩膀。她對他說：「親愛的，你表現得很好。」然而安娜自己卻焦躁不安。她看著面前警察的眼神就像是真的罪犯。她思索著，找著什麼事情承認——一個她很久以前可能犯了，而此刻他們要她付出代價的錯誤。她這個人向來就是這樣，不但天真又有妄想症。她沒有一次通過海關而不冒冷汗。

有一天，不喝酒且又懷著孩子的她，竟然對著酒測器吹氣，相信自己就要被逮了。

警隊隊長是一位年輕的女性，一頭濃密的棕色頭髮紮成了馬尾。她坐在這對母子面前，雙方隔著她的辦公桌。她問安娜是如何與路易絲聯繫上的，以及雇用路易絲當孩子保母的理由。安娜平靜地回答。此時她只想做一件事情，那就是滿足這位女警察，讓她走上正確的方向，以及——特別是——知道路易絲遭控的罪名是什麼。

路易絲是安娜的朋友介紹的。友人對路易絲讚譽有加，而她對自己雇用的這個保母也相當滿意。「艾克多和他的保母很親，這個您自己可以看得出來。」女隊長對艾克多微微一笑。她回到了座位，打開了一份資料並詢問。

「大概是一年多一點以前吧，一月的時候，您是否接到了馬塞太太的電話？」

「馬塞太太？」

「對。您回想一下。路易絲把你們當作她的職務推薦人。米麗安・馬塞想知道你們對路易絲的看法。」

「對，我想起來了。我跟她說，路易絲是一名很出色的保母。」

他們在這個冷涼、無趣的空間裡，已經坐上了兩個多小時。辦公室裡布置得整齊，沒有未收起的照片散在外頭。牆上沒有海報張貼，也不見尋人啟事。隊長有時話說到一半，說聲抱歉便走出門外。安娜與兒子隔著玻璃窗看著她接起手機，對著一個同事耳語，或是喝咖啡。兩人都不想開口說話，就連讓彼此有個事做也不願意。母子倆並肩坐著，但對彼此視而不見，假裝忘記旁邊有人。他們只是用力地呼氣，站起來繞繞椅子。艾克多滑起了手機。安娜雙手抱著她的黑色皮包。他們都很無聊，可是卻太有禮貌、太怕向女警表現出任何的不悅。精疲力盡的兩人，溫順地等著被釋放的時刻到來。

隊長印了一些文件給他們。

「請在這裡，還有那裡簽名。」

安娜傾著身子看面前的紙張，頭也不抬地問：

「路易絲做了什麼？到底發生了什麼事？」她語調平板，沒有任何起伏。

「她被控殺了兩個小孩。」

隊長有黑眼圈。淡紫色的腫脹眼袋，讓她的眼神顯得疲累，卻又很奇怪地讓她更顯美麗。

艾克多走到籠罩在六月熱氣裡的馬路上。眼前的女孩都很漂亮，他真想長大、真想自由、真想成為一個男人。十八歲的年紀令他不安。他真想要把這十八個年頭拋在腦後，如同他剛才拋下媽媽，自顧自地走了，獨留她一人在警察局門口前茫然失措。他發覺剛才面對那位女警時，心中最初的感覺竟然不是訝異或是錯愕，而是一種巨大而疼痛的解脫。甚至可以說是一種歡喜。彷彿他一直都知道有某種形式上的、難以表達的、有害的威脅，壓著他不放。一種只有他自己以孩童的心與雙眼所能察覺得出的威脅。如今，命運安排災禍撲襲他處。

隊長像是懂得他的想法。剛才，她認真看著他那張毫無表情的臉，而後對他微笑的方式，就像是對倖存者微笑一樣。

34

一整夜，米麗安不停想著廚房桌上的那副骨架。只要她一閉上眼，就會想到那副動物骨架就在那兒——就躺在她的身旁。

她一隻手撐著那張小桌子，一口氣將杯中的酒喝光，同時以眼角餘光注意著雞骨架。她不敢去碰，也害怕碰觸的感覺。她的心中奇怪地感覺到某種事情可能會發生；那隻動物可能會活過來，撲上她的臉，抓住她的頭髮，掄她撞牆。她在客廳的窗邊抽了根菸，而後返回廚房，戴上塑膠手套，把雞骨架丟進了垃圾桶。那個盤子，以及擺在盤子邊的海綿，她也一併丟掉，接著把那幾個黑色垃圾袋快速地拿下樓，並且用力地摔上大門。

她在床上躺下，心臟激烈地跳著，讓她呼吸困難。她嘗試入睡，最後終於還是受不了，於是撥電話給保羅。她向保羅哭訴雞骨架這件事。他覺得妻子的反應誇張了。他笑著這個爛恐怖片劇情。「妳總不會因為一隻雞緊張成這樣吧？」他試著逗她笑，想引導她重新思索事情是否真有那麼嚴重。米麗安掛了他電話。他回撥，但她就是不接電話。

她的失眠，先是因為滿腦子都是指責的想法，而後是罪惡感。她開始攻擊路易絲。她對自己說，路易絲瘋了，說不定還很危險。路易絲對雇主懷著一種卑劣的怨恨，以及復仇的渴望。於是，米麗安責怪起自己沒能早先估量出路易絲可能的狂暴程度。她早就注意到，保母會為了這類事情而發怒。有一次，蜜拉的背心掉在學校，路易絲的反應非常誇張。每一天，她都會向米麗安提起那件藍色背心，並發誓要找回來，學校的老師、營養午餐阿姨、女警衛全都讓她給煩過了。某個星期一早上，她看見米麗安正在替蜜拉穿衣服，而小女孩身上正套著那件藍色背心。

保母眼光熱切地問：「您們找到了啊？」

「不是。我買了一件一模一樣的。」

路易絲聽了之後，氣得失控。「那我還找得那麼辛苦。這是什麼意思？自己的東西讓人給偷了，自己沒把東西顧好，不過沒關係，反正媽媽會再買一件背心給蜜拉？」

米麗安把路易絲對蜜拉的責怪拿來怪罪自己。她心想：「是我做得太過分了。她在用自己的方式說我太浪費、太輕忽隨便。我丟掉了那隻雞，對路易絲來說，應該覺得是個侮辱吧。她想必是經濟上有困難，結果我不但沒幫她，反而還羞辱她。」

黎明時分，她醒了，但感覺似乎才剛睡著而已。當她下了床，一眼就看見廚房的燈光。她走出房間，便看見路易絲坐在面對庭院的那扇小窗前，手裡端著一杯茶。那茶杯還是米麗安送她的生日禮物。路易絲的臉在一團熱氣中漂浮，整個人看起來活像一個老婦、一縷在蒼白的清晨中顫抖的幽魂。她的頭髮、皮膚，全都失了顏色。米麗安感覺路易絲最近總是穿著同樣的衣服。這件藍色襯衫、這個小立領讓她突然一陣噁心。米麗安心裡非常希望沒有和她說話的必要。她想要能夠一個動作或手勢，便毫不費力地讓她從自己的生命中瞬間消失。可是路易絲就在那兒呢，還對著她微笑。

她用她那輕輕細細的聲音問米麗安：「我替您泡杯咖啡？您看起來很沒有精神。」一會兒後，米麗安伸出手接過熱燙的杯子。

她想著，眼前等著她的是漫長的一天。她得出庭替一個男人辯護。然而在這間廚房裡，面對著路易絲，她明白這整個情境多麼諷刺。大家都欽佩她的好鬥，巴斯卡也誇獎過她面對敵人的勇氣，可是此刻的她，在這個金髮瘦小的女人面前，竟然會喉嚨發緊疼痛，什麼話也說不出來。

某些青少年夢想著舞臺、足球場、爆滿的表演廳，而米麗安夢想的，一直都是重罪法庭。當她還是學生時，就會設法盡可能地旁聽訴訟案件。她的母親無法理解為何有人可以如此醉心於強暴案齷齪的事發過程，以及亂倫或凶殺案之詳盡、陰森且不帶感情的報告。當連續殺人犯米榭・傅尼黑的訴訟開始進行之時，米麗安正攻讀法律系。她十分關注案件的審理進展。她在夏爾維勒—梅吉葉市中心租了一間房。每一天，都有一群家庭主婦前來觀看那頭魔鬼，而她也加入了她們的行列。法院外搭起了一個超大型的帳棚，讓擁擠的人群能夠透過大型螢幕同步參與聽審。她特意與其他人保持一點距離，不和任何人說話。當囚車抵達，那些臉紅通通、短髮、指甲剪得平整的婦人開始對著囚車吐口水、斥罵，米麗安覺得非常彆扭。她做人一向有原則，有的時候會不近人情，可是，這場充滿赤裸恨意的表演、這一聲聲殺人償命的叫喊，竟令她著迷。

米麗安搭乘地鐵，提前抵達了法院。她抽了一根菸，以指尖拎著捆住一大疊卷宗的紅繩末端。一個多月以來，米麗安協助巴斯卡準備這場訴訟。被告，一名二十四歲的男子，被控帶領三名共犯找上兩名斯里蘭卡人。在酒精與古柯鹼的效用之下，他們毒打這兩名無前科、無證件的廚師，而且一打就沒停手，直到發現找錯對象——他們誤認了其中一名黑人。他們沒辦法解釋原因。他們也沒辦法抵賴，因為一臺監視器錄下的影像揭發了他們的罪行。

兩人第一次會面時，年輕人向律師講述自己的人生，然而卻充滿了謊言與明顯的虛誇。年輕人面臨終生監禁的刑期，依然想辦法要誘惑米麗安。米麗安極力與他保持巴斯卡常說的「安全距離」——據巴斯卡表示，那正是一樁案件勝訴的基礎。她有條不紊地利用證據，嘗試分辨出真實與錯誤。她以教師般的語調，選擇簡單而有力的語詞，向年輕人解釋說謊是拙劣的辯護技巧，而就當下情況而言，坦白並不會有任何損失。

為了這場審判，她買了一件新的襯衫給他，還建議他別說低俗的玩笑話，並且避免刻意的假笑，免得給人妄自尊大的印象。「我們得證明您也是受害者。」

法庭上，米麗安全神貫注，工作能讓她忘記那一晚的夢魘。她詰問兩名專家證人，請他們談她的當事人的心理狀態。其中一名受害者在翻譯的陪同之下，出庭作證。儘管他的證詞陳述並不流暢，但顯然觸動了在座所有人的情緒。那名被告一直低著頭，無動於衷。

休庭時，巴斯卡講著電話，米麗安坐在走廊上不動，眼神空洞，心頭一陣驚惶不安。她對路易絲欠下債務的態度，肯定太自以為是了。因為尊重隱私，或者因為心態隨便，她並沒有仔細看財稅局寄來的文件。她對自己說，應該要留下那些文件的。有好幾十次，她請路易絲把那些文件帶給她看。一開始，路易絲說忘了，發誓隔天一定會記得帶。米麗安設法想多知道一點關於那些文件的事。她向路易絲問起傑克，以及那些看起來已經積欠多年的債務。米麗安還問，史蒂芬妮是否知道她的經濟困難。米麗安語氣溫柔而體貼地詢問，可是路易絲只是回以難解的緘默。「這是出於謹慎之故。」米麗安心想。那是她用她的方式保護彼此世界的界線。於是，她放棄了幫助路易絲的念頭。她心裡有種恐怖的感覺，彷彿她的好奇心如刀，一次次地刺進了路易絲纖弱的身軀；而那個身軀在這幾天，似乎失了生氣，變得模糊、蒼白。在這條陰暗的走道上，煩人的喧嘩嘈雜浮動不去。米麗安覺得無力，一種沉重而深沉的疲憊折磨著她。

這一早，保羅又撥了電話給她。電話中，他的態度溫柔而妥協。他為著自己不經思索的愚蠢反應，以及沒把她當一回事而道歉。他一再地說：「就照妳的意思做吧。依這些情況看來，我們不能讓她留下來了。」接著，為了落實這個決定，他又說：「等到我們夏天去度假回來之後，就讓她知道，我們已經不是那麼需要她了。」

米麗安語調平板地答應，但是她心裡其實並不怎麼肯定。她想起路易絲休完病假之後，孩子們再次見到保母時的欣喜，也想起路易絲對她投來的悲傷眼光，以及她的圓月臉。她的耳邊依然還迴響著路易絲含蓄中帶點可笑的道歉理由，還有她對於自己疏忽職責的羞愧表示。她是這麼說的：「我保證，不會再有下一次了。」

當然，就只要劃下句點，讓一切到此為止就夠了。可是路易絲有他們家的鑰匙，而且她什麼都知道；她已經深深地嵌入他們的生活之中，因而此刻要她抽離，是件難事。他們把她往外推，但她勢必又會回來。他們向她道別，但她依然會撞開門進來；她會像一個受傷的情人那般地飽含威脅。

35

史蒂芬妮

史蒂芬妮的運氣很好。當她進高中的時候，路易絲當時的雇主貝罕女士，提議讓這個女孩在巴黎的某所高中註冊就讀——那間學校比她在波比尼當地學區內的學校還優秀。貝罕女士想要為可憐的路易絲做點好事，獎勵她工作勤奮。

可是史蒂芬妮並不夠格接受這樣的好意。才進一年級幾個星期而已，她就開始惹麻煩了。她在上課時破壞秩序——她會忍不住把東西從教室的這一頭丟到另一頭——並且對老師回話粗俗無禮。其他學生覺得她既有趣又討人厭。她不讓路易絲看見聯絡簿上寫的評語，也會把警告、校長約見的通知藏起來。接著，她開始蹺課，還未到中午就躺在十五區某個廣場長椅上抽大麻。

一晚，貝罕太太把保母叫了過去，向她表示自己深切的失望。貝罕太太覺得被背叛了，而且路易絲也讓她丟臉丟到家了。當初她花了許多時間說服校長，校長也幫忙讓史蒂芬妮入學，結果害得她在校長面前根本抬不起頭來。一個星期之後，史蒂芬妮就得見紀律委員會，路易絲也得出席。「那就像個法庭，你們得為自己辯護。」路易絲的女雇主冷冷地解釋。

下午三點時，路易絲和女兒進了會議室。這個圓形的空間，暖氣不夠暖。日光自藍綠玻璃大窗照了進來，灑落了一室教堂般的光線。十幾位人員——教師、顧問、家長代表——圍著一張大木桌坐著，每個人輪流發言。「史蒂芬妮不守紀律、蠻橫無理，不適合這裡。」某個人接著說：「這個女孩並不壞，只是當她開始鬧的時候，沒有人有辦法讓她冷靜下來。」他們不解的是，面對這麼嚴重的事情，路易絲竟然從未有任何反應。先前有老師約見路易絲兩次，她也不曾回覆。他們打過路易絲的手機，還留了言，然而事情就沒了後續。

路易絲懇求他們再給女兒一次機會。她哭著解釋自己有多麼地照顧孩子，而且也一向禁止他們邊看電視邊寫作業。她說她有自己的原則，並且對於孩童的教育經驗豐富。貝罕太太事先已經警告過她，這是個法庭，而接受審判的人是她——這個壞媽媽。

會議室很冷，每個人都穿著外套。幾個站在木桌附近的老師交頭接耳。他們一再重複說著：「太太，我們並沒有質疑您的努力。我們都相信您已經盡力而為了。」一名外表纖瘦而溫柔的女法語老師問她：「史蒂芬妮有幾個兄弟姊妹呢？」

路易絲回答：「她是獨生女。」

「可是您剛才不是說『他們』？」

「沒錯，我說的是我照顧的孩子，也就是我每天幫忙帶的孩子。我對照顧的孩子所採取的教育方式，讓我的雇主很滿意。這一點，您可以相信我。」

他們請路易絲母女離開會議室，好讓他們討論。路易絲站了起來，對他們投以她自以為上流仕女的微笑。在學校的走廊上，面對著籃球場，史蒂芬妮依然傻笑著。她太肥、太高，後腦杓綁著的高馬尾，令她看起來十分滑稽。她穿著的印花內搭褲，更是顯得大腿特別肥壯。這場嚴肅的會議，並未令她緊張不安，反而只有無聊。她一點兒也不害怕，相反的，她的微笑帶有了然於心的味道，彷彿這幾位穿著俗氣的毛絨絨衣著、圍著老奶奶圍巾的老師，只不過是蹩腳的演員。

一走出會議室，史蒂芬妮的心情便重新好了起來，也又回復懶惰壞學生那種虛張聲勢的模樣。在走廊上，她抓住從教室走出的朋友；她蹦蹦跳跳，同時在一個害羞的女孩耳邊講悄悄話，只見那個女孩忍著笑。路易絲真想賞她耳光，用盡全力地拚命搖晃她的身體。她很想讓史蒂芬妮明白，養個像她這樣的女兒，需要付出多少心血，承受多少羞辱。她很想讓史蒂芬妮直接感受她的汗水與焦慮，還想從史蒂芬妮的胸口將她那無憂無慮的愚蠢掏出，將她剩餘的童年狠狠撕碎。

在這道嘈雜的走廊上，路易絲忍著不讓自己發抖。她只是愈來愈用力地掐著女兒肥胖的手臂，要她閉嘴。

「兩位可以進來了。」

校長從門後探出頭來。他打手勢示意她們回座。他們只花了十分鐘討論，可是路易絲並不知道，那不是個好預兆。

當母女倆在位子上坐定之後，校長開始解釋，史蒂芬妮是個搗蛋分子。他們沒辦法成功引導她。儘管他們萬般嘗試，用盡了各種教育方法，卻不見任何效用。他們無能為力了。他們有得背負的責任，並且不能讓她挾持了整個班級。老師接著說：「或許史蒂芬妮在家裡附近會比較開心。如果待在與自己相近的環境中，她會比較能夠找到自己的目標。」

時序三月。冬季依舊徘徊，天氣似乎沒有變暖的時候。學校諮商員安慰路易絲：「要是在行政方面需要協助的話，有專人可以為您服務。」路易絲不明白。史蒂芬妮被退學了。

回家的公車上，路易絲一直沉默不語。史蒂芬妮依然咯咯笑著。她耳朵裡塞著耳機，看著窗外。母女倆走上了回傑克家的那條灰暗上坡路。當兩人經過市場時，史蒂芬妮放慢腳步，瞧著攤架上的東西。路易絲心裡恨著她的放肆，她那青少年的自私。她一把抓住了女兒的袖子，用難以置信的粗暴與強烈的力道，硬是將她拉走。一陣愈來愈強烈、愈來愈炙熱的怒氣占據了她的內心，她好想把指甲用力插進女兒鬆軟的皮膚裡。

路易絲打開了玄關的小門。一進門，關上門後，她立刻打了史蒂芬妮。她先是掄起拳頭用力揍女兒的背部。史蒂芬妮一下子失去了平衡，摔倒在地。這名少女蜷縮著身體，開始尖叫。路易絲沒停手，施展了如巨人般的所有氣力，用她那小小的手掌，重重地摑了史蒂芬妮幾個耳光。接著，她扯著史蒂芬妮的頭髮，用力分開女兒為了護住頭部而交握的雙手。她打了少女的眼睛，辱罵她，用指甲刮得她皮膚見血。當史蒂芬妮不再扭動身體掙扎，路易絲朝她臉上啐了口水。

傑克聽見了玄關上的騷動。他走近窗邊，就這樣看著路易絲修理女兒，完全沒有想把她們分開的意思。

36

所有的一切都感染了沉默與誤會。屋子裡的氣氛日漸凝重。米麗安試著在孩子面前表現得若無其事，但她對路易絲的態度已經冷淡。她不情不願地對路易絲說話，給予精確詳細的指示。她遵循著保羅的建議——保羅總是一再地告訴她：「她是我們的員工，不是我們的朋友。」

她們倆不再於廚房一起喝茶。米麗安坐在桌前，路易絲背倚著流理臺站著。米麗安不再對她甜言蜜語，像是「路易絲，您真是個天使」，或是「您是最特別的」。星期五晚上，她也不再提議一起把沉睡在冰箱深處的紅酒喝完。以前米麗安會這麼說：「孩子們在看影片，我們可以小小享受一下。」而現在，只要一個人把門打開，另一個人就會把門關上。她們倆處在同一空間裡的時候逐漸稀少，也總是時時熟練地表演著相互迴避的舞碼。

接著，春天突然來了，姿態熱情而且出乎意料。白晝拉長，樹木長出了第一批新芽。晴朗的天氣掃去了舊習性，把路易絲推出了門，帶著兩個孩子去到公園。一晚，她問米麗安是否可以提早結束工作。她語氣激動地解釋：「我有約。」

她與艾維在他工作地點附近碰面，兩人一起去看電影。艾維原本希望兩人在露天咖啡座喝一杯，可是路易絲堅持要看電影。他最後倒是很喜歡那部電影，於是隔週兩人又再看了一遍。電影放映時，艾維在路易絲身旁偷偷打著瞌睡。

最後，她答應了與他到格蘭大道上的一家英式酒吧喝一杯。兩人坐在酒吧的露天平臺，她心想，艾維真是個幸福的男人。他面帶微笑地聊著自己的計畫，談著兩人或許可以在佛日區共度假期。他們可以在湖中裸泳，睡在他認識的人所擁有的山區小木屋。他們可以一直聽音樂。他會讓她聽聽他收藏的唱片，他也相信，她很快就會離不開音樂。艾維想要退休，但他無法想像得一個人孤單享受休息的時光。他離婚算來都已經十五個年頭了。他沒有孩子，寂寞令他難受。

艾維用盡了千方百計，一直到某一晚，路易絲終於同意讓他送她回家。馬塞家對面有一家叫「天堂」的咖啡廳，他在那裡等她下班。兩人一同搭地鐵。艾維將他色澤紅潤的手放在路易絲的膝蓋上。路易絲聽著他說話，眼神則是注視著那隻男性的手；那隻手放定了，開始動作了，接著還想要更多。那隻善於隱藏意念、低調的手。

他們笨拙地做愛。他在她上面。兩人的下巴時而相撞。他伏在她身上嘶啞地喘氣，可是她不知道那是出於快感，還是因為他的關節疼痛但她卻沒幫忙。艾維矮到她都能夠感覺兩個人的腳踝貼在了一起，而這樣的肢體接觸，對她而言，比陰莖進入體內還更具侵犯性與失當。艾維不像傑克個子很高，高到連做愛都像是在激烈地處罰對方。他一離開她，不再用身體包覆著她之時，心頭頓時變得輕鬆。從此而後，他的態度也不再拘謹。

就是在聖胡昂門的平價出租國宅裡，在艾維的床上，當這個男人在路易絲身旁睡著時，路易絲有了想要有個寶寶的念頭：一個才剛出生，個頭小小的寶寶；一個被生命伊始的溫熱氣息所包圍的寶寶；一個託付給愛情的寶寶——而她，會替這個寶寶穿上粉彩色的包屁衣，然後親手交到米麗安與保羅的懷裡。一個得以讓他們彼此緊緊依偎的新生兒；一個將他們連結在相同柔情之中的新生兒。這個寶寶將會消除所有的誤會與不和，為舊習重新賦予意義。在屬於寶寶的小房間裡，只有一盞小夜燈的微弱光線亮著；帆船與島嶼則在小夜燈上方轉著圈。她會將這個寶寶放在膝上，連續好幾個小時哄著、搖著。她輕撫著寶寶光禿禿的頭顱，將小指輕輕地塞進他的嘴裡。他將會停止哭泣，用那飽滿的牙齦吸吮著她塗上指甲油的手指。

隔天，路易絲比平常更細心地整理保羅與米麗安的床鋪。她用手抹過床單表面，找尋夫妻倆依偎的痕跡——一個她肯定即將到來的寶寶的蹤跡。她問蜜拉想要一個弟弟還是妹妹。「一個我們兩個人一起照顧的寶寶，妳說好不好？」路易絲希望蜜拉可以把這件事告訴她媽媽，把這個想法傳達給米麗安，種在她的心裡。於是有一天，小女孩在路易絲喜悅的眼神注視之下，問米麗安肚子裡有沒有寶寶，米麗安笑著回答：「噢，沒有，比起來我還寧願去死。」

路易絲覺得米麗安的反應很糟。她不懂米麗安為什麼要笑，而且為什麼對於這個問題如此輕率以對。路易絲告訴自己，米麗安那麼說，肯定是為了驅除厄運。她雖表現得無所謂，但她心裡肯定不是那樣想的。到了九月，亞當就要去上學，這間屋子將會變得空空蕩蕩，路易絲也將會無事可做。所以，得要有個孩子來打發漫長的冬日。

路易絲常聽得到夫妻的對話；這個屋子很小，她不必刻意去聽，就什麼都聽到了。但是，最近這段時間裡，米麗安不僅說話的音調變低了，當她講電話時還會把門關上；有時，她會把嘴巴湊到保羅的肩膀上低語，像是兩個人有著什麼祕密。

路易絲對瓦法談起這個即將出生的孩子及其所帶來的喜悅，還有因此多出的工作。「有了三個孩子，他們就不能不要我了。」路易絲體驗著愉快的時刻。她的心裡有某種轉瞬即逝、未成形的直覺；是關於一個即將擴展的生活、一個更寬廣的空間、一種更純淨的愛情，以及貪婪的慾望的直覺。她想像著陶土與公路旁的腐爛橄欖核的氣味，以及月光下水果樹的樹蔭；她夢想著沒有什麼需要背負、沒有什麼需要掩蓋，也沒有什麼需要隱藏。

她又開始煮飯料理——幾個星期以來，她做的餐點幾乎可以說是非常難以下嚥。她為米麗安做肉桂米布丁、香料湯，以及各種傳說能夠助孕的菜餚。她以如同母老虎般的專心，觀察著米麗安的身體變化。她仔細觀察那名少婦的氣色、乳房大小、髮絲光澤，因為在她的認知中，那些變化能透露出懷孕的跡象。

她清洗髒衣物的專注程度更如同女祭司，亦如巫毒女巫：她一如往常地取出洗衣機裡的衣物，把保羅的平口褲攤平，然後堅持手洗細緻的貼身衣物，在廚房的洗碗槽，她以冷水沖洗米麗安的內褲、蕾絲或絲質胸罩，一邊誦念著禱詞。

可是路易絲一再又一再地失望了。她不需要翻垃圾桶，因為什麼都逃不過她的眼睛。在米麗安睡覺的那一側床腳下，扔著她的睡褲。路易絲看見了睡褲上的沾染痕跡。這一早，她注意到了浴室地板上有一滴血；那滴血細微到米麗安沒有清洗掉，直接在綠白相間的磁磚上變乾。

鮮血不斷地重複流出。她熟悉這鮮血的氣味；這每個月米麗安無法不讓她看見的鮮血，是一個寶寶死亡的訊號。

37

欣喜過後，緊接而來的是沮喪的日子。整個世界似乎變小、變窄了，還將那沉甸甸的重量往她身上壓。保羅與米麗安關上每一道她想闖進的門。她，只有一個願望：與他們共築世界，找到她的位置，住下來，築起一個巢、一個狗窩、一個溫暖的角落。有時，她感覺已經準備好要求自己應有的土地，但接著，衝勁減退，哀傷占據了她的心，她甚至會因為相信了什麼而感到羞恥。

一個星期四夜晚，接近八點時，路易絲回到了家，她的房東正在走道等她。他站在昏暗的電燈泡底下。「啊，您回來了啊。」貝爾同．愛力札整個人幾乎撲到了她身上。他將亮著的手機螢幕對準了她的臉。路易絲舉起手擋住眼睛。「我在等您呢！我晚上或是下午來過了好幾次，都沒找到您。」他聲音溫柔地說著，同時將上半身湊向路易絲，不禁讓人有種感覺，彷彿他就要碰觸她、抱住她、貼在她耳邊說話了。他那黏著眼屎的雙睛直直地盯著她看，而後拿下了用繩子綁住的眼鏡，揉了揉那雙沒有睫毛的眼睛。

她開了套房的門，並且讓他進去。貝爾同・愛力札穿著一條過大的棕色長褲。路易絲從背後觀察這個男人，發現他的皮帶漏穿了兩個皮帶環，導致褲子的腰部以及臀部下方空空垮垮的，看起來就好像一個瘦弱的駝背老頭偷了巨人的衣服穿。這個人的裡裡外外都透露出無害的訊息：他的禿頭、布滿雀斑且刻畫出皺紋的雙頰、顫抖著的肩膀……等等所有的一切，都是那麼無害——除了他那雙乾燥、指甲粗厚如化石的大手；那雙相互摩擦取暖的屠夫之手。

他默默地進了屋子，一步一步地慢慢走著，像是第一次探索這個處所。他檢查牆壁，用手指抹過潔白的柱腳。他輕撫沙發套，用手掌滑過塑膠桌面，什麼都用長滿老繭的手碰一碰。他覺得這間套房空空蕩蕩，一副無人居住的模樣。貝爾同・愛力札很想要挑這個房客的毛病，對她說，除了遲交房租之外，她也沒好好維護這間屋子。然而，這間屋子的狀態，一如他租給她的當時，也就是他第一次帶她看屋之時。

他一隻手抵著一把椅子的靠背站著，望著路易絲，等待著。他眼神直視路易絲。儘管他的雙眼發黃也看不清楚，但他並不準備垂下眼示弱。他等著她開口，等著她把房租從包包裡翻出來。他等著她主動有所表示，等著她為自己沒能回覆他留的郵件與簡訊而道歉。可是路易絲什麼也沒說。她只是倚著門站著，如同那種當人們想安撫牠的時候，卻會張嘴咬人的膽小狗。

「看來，您已經開始打包了，很好。」愛力札的粗指頭指著擺在玄關的那幾個紙箱，說：

「一個月後，新的房客就會搬進來。」

他走了幾步，接著輕輕地推開了淋浴間的門。瓷製淋浴盆陷進了地板，下方支撐的腐爛板子也斷了。

「這到底是發生了什麼事？」

房東蹲下身子。他嘀嘀咕咕，同時將脫下的外套往地上一放，接著戴上了眼鏡。路易絲在他的身後站著。

愛力札先生轉過身子，一再地大聲說著：

「我在問您到底發生了什麼事！」

路易絲嚇了一跳。

「我不知道。這是幾天前發生的事。我想大概是設備老舊的緣故。」

「完全不可能。這淋浴間是我親手蓋的。您應該要覺得自己很幸運。以前要洗澡，得到外面的樓梯平臺。是我一個人在這間套房裡搭建了淋浴間。」

「它塌了。」

「很明顯的，是因為疏於維護。您該不會以為您讓淋浴間壞成這樣，卻是該由我負責修理吧？」

路易絲打量著他，而愛力札先生難以猜出她那捉摸不透的眼神與沉默，究竟代表著什麼。

「為什麼沒有打電話通知我？這樣的狀況持續多久了？」愛力札先生再次蹲下。他的前額都是汗水。

路易絲並沒有告訴他，她來這間套房，只因為這裡是她埋藏疲累的洞穴、插曲。她其實生活在他處。每一天，她會在米麗安與保羅的屋子裡洗澡。她在他們的房間裡脫衣服，輕手輕腳地將脫下的衣服擺在他們的床上。接著，她裸著身體穿越客廳，走進浴室。亞當坐在地上。她從他面前走過。她看著孩子咿咿呀呀地說話，知道這孩子不會洩漏她的祕密。對於路易絲的身體、如雕像般的雪白肌膚，以及幾乎不曾見過陽光、散發珍珠貝光澤的乳房，亞當什麼都不會說的。

路易絲沒關上浴室門，好聽見亞當的動靜。她打開熱水器，在熱度燙人的水柱下靜靜地站著不動，能站多久就多久。洗後，她並不立刻穿上衣服，而是以手指挖取米麗安囤積的一罐罐乳霜，按摩小腿、大腿、手臂。她身子圍著一條白色毛巾，光著腳在屋裡走動。她每天會把這條毛巾塞在壁櫥裡的一堆衣物底下。這條白色毛巾，是她的毛巾。這條毛巾，是專屬於她的毛巾。

「您發現問題，卻沒有試著處理？您寧願像吉普賽人一樣四處流浪？」

愛力札留著這間位於郊區的套房，有他感性的理由。他蹲在淋浴器前，開始演戲。只見他吐氣，並且加碼將手扶上了額頭。他以指尖拍打黑色的泡沫，搖了搖頭，好似只有他能夠衡量狀況有多嚴重。「這起碼得花八百歐元才行。」他賣弄他的修繕知識，選用專業術語，宣稱他需要十五天以上的時間才能修復這個災難。他想辦法要讓這個一直沉默不語的金髮女子對他另眼相看。

他心想：「她可以放棄拿回押金的想法了。」當初，他堅持要她先付二個月的租金當作押金。「雖然這麼說有些無情，可是對人總得要有防備之心。」他想，就他當房東以來的記憶中，就算從未遇過夠謹慎的房客——總是有東西不見了，或是有某個需要強調或突顯的缺陷，又或者哪裡有汙漬，哪裡又有刮痕——他也從來不曾需要花這麼多錢來修復房屋。

愛力札這個人很有商業頭腦。有三十年，他開著重型卡車來回法國與波蘭兩地之間。他在駕駛座上睡覺，東西只吃一點點，並且抵擋各種誘惑。他在休假時數上撒謊，藉著數沒花掉的金錢數目獲得安慰，對自己有辦法為了未來的財富而做出如此犧牲而自滿。

年復一年，他買下了巴黎郊區的套房並且翻新。他以高昂的價格將套房出租給別無選擇的人。每個月底，他會巡視他的產業，同時現場收取租金。他有時根本就是不請自來，他會將頭探進門縫裡，硬是要進門「看一下」。他問房客相當冒失的問題，而他們在不情不願地回答之餘，只能暗自祈禱他快點走，離開他們的廚房，別再查探他們的櫃子。可是他就是待著不走，他們也只好問他要不要喝東西。他總是會答應，然後慢慢地一口一口地啜飲著。他會提他的背疼問題——「開了三十年卡車，人都要給毀了。」——要人和他聊天。

他喜歡把套房租給女性，因為她們比較細心，也比較不會惹麻煩。他尤其喜歡女學生、單親媽媽、離婚女性，但是老婦人除外——她們一住下來就不付房租了，全因為有專門的法律保障。然後，笑容悲傷、金色頭髮、神情茫然的路易絲出現了。她是愛力札的某個前任房客（一位在亨利蒙多醫院上班的護理師，總是準時繳租金）介紹來的。

都是因為該死的感性！這個路易絲出現時，隻身一人，沒有孩子，而丈夫屍骨已寒。她在他面前站著，手裡拿著一疊鈔票；他覺得她很美麗，一襲小圓領衫襯托出她的高雅。她溫順而感激地看著他，低聲說：「我之前生了重病。」也就在那個時刻，他熱切地想問她問題；問她自從丈夫過世之後，都在做些什麼；問她從哪兒來，又捱過哪些苦？可是她沒給他時間。她說：「我在巴黎一戶很好的人家那裡找到了工作。」他們的對話便到此結束。

可是現在，貝爾同・愛力札想要擺脫這個安靜且漫不經心的房客。他不會再那麼容易受騙了。他再也受不了她的藉口、她難以捉摸的態度、她的房租遲繳，也不明白為何一見到她就會全身發毛。路易絲某些地方令他十分反感：謎樣的微笑、誇張的妝容、對他展現出的高傲態度，以及總是緊閉雙脣不開口說話。她對他從不回以笑容，從不努力試著去注意到他穿了一件新外套，或是稀疏的紅髮改梳了旁分的髮型。

愛力札走向了洗手臺。他洗了手，說：「我八天之後會再帶器材和工人過來修理。那時，您的行李就得打包完畢。」

38

路易絲帶著兩個孩子去散步。他們會在下午時分的廣場待上許久。廣場的樹木經過修剪，綠意回復的草坪歡迎著附近的學子。孩童圍繞著鞦韆，為著能夠與其他孩子重逢而開心——儘管他們大部分的時間當中，並不知道彼此的姓名。對他們來說，沒有什麼比這個全新的扮裝、全新的玩具、那臺小女孩放著洋娃娃的迷你嬰兒車還來得重要。

路易絲在廣場上只結識了一個朋友。除了瓦法之外，她並不和其他人說話。她只是禮貌地微笑，低調地打著手勢。當她一到廣場，其他保母便會與她保持距離。路易絲展現出的樣子，是古早時期陪伴少女的老婦；是保母，也是奶媽。她的同行責怪她的高傲態度、上流女性的可笑舉止。在她們的眼中，她是宣揚教化的人士：當其他保母過馬路時忙著講手機，忘了牽著孩子時，她會毫不避諱地直盯著看。她甚至還公然地斥責那些沒人看管、搶別人玩具，或是從溜滑梯摔下來的小孩。

日子一個月一個月地過去，一次次在廣場長椅上連續待上幾個小時，這些保母學會了互相認識；不管她們怎麼想，她們幾乎就像是同一間露天辦公室的同事。每天放學之後，她們會見面，會在超市、小兒科或是小公園的遊樂器材區相遇。路易絲記住了某些人的名字或是國籍。她知道她們在哪棟大樓工作，還有她們的雇主所從事的職業。她坐在一株半盛開的玫瑰樹下，聽這些女人邊吃著一小塊剩下的巧克力餅乾，邊講電話講個沒完。

溜滑梯四周、沙池附近，印度語、阿拉伯語、迪尤拉語[7]、巴烏萊語[8]此起彼落，也有人用菲律賓語或是俄語說著溫柔的話。孩子們咿呀學語時，接觸了來自遙遠之地的語言，於是也學會了一點，而他們的父母總是興奮地要他們一說再說：「我跟你保證，他會說阿拉伯語，不然你聽聽看。」隨著時間流逝，那些孩子忘了那些語言，而保母的臉孔與聲音也逐漸消失於記憶之中，而後，家裡再也沒有人記得「媽媽」的林格拉語[9]怎麼說，或是那位親切的保母所準備的異國菜餚名稱是什麼。「那道燉肉到底叫什麼？」

幾個孩子全湊在一塊。他們經常穿著同一家店的同一件衣服。他們的媽媽會細心地在衣服標籤上寫下孩子的名字，避免有人拿錯。待在孩子四周的是那一大群女人。她們之中，有戴著黑色面紗的年輕女孩：她們應該比其他女人更準時、更溫柔、更乾淨；也有人每個星期就會換一頂不同的假髮。有幾個菲律賓保母，會用英語拜託孩子不要跳進水窪。還有幾個在這一帶已經待了好幾年的保母，與學校校長已經相熟；她們會在路上遇見曾經帶過的孩子，然後說服自己，孩子是認得她們的，只不過是害羞才沒跟她們打招呼。也有一些新面孔的保母，在工作幾個月之後，突然不告而別，只留下猜測與耳語讓人流傳。

那些保母對於路易絲所知甚少。就連看起來應該認識她的瓦法，一旦被人問起她這個朋友，也是不願多談。她們常會對路易絲問東問西，因為這個白皮膚的保母實在令人好奇。已經不知有多少次，總會聽到一些孩子的父母把她當模範、誇讚她的廚藝，總是配合雇主的工作時間，還會提到米麗安全然信任著她。她們猜著這個如此纖瘦、完美的女人來歷。在來到這裡之前，她為哪些人家工作？是在巴黎的哪一區？她結婚了嗎？她晚上下班後，有孩子要陪嗎？她的雇主是否善待她？

對於這些問題，路易絲不是不回答，就是點到為止，而那些保母也能理解她的沉默不語。她們每個人都有不可說的祕密，心裡也都埋藏著關於卑躬屈膝、羞辱與謊言的可怕回憶——關於

7 象牙海岸、布吉納法索與馬利所使用的曼德語。
8 象牙海岸阿坎族的部落方言。
9 剛果西部使用的一種班圖語。

電話另一端那聽不清楚的聲音、突然切斷的對話、沒能相見便死去的人的回憶，或是日復一日為了一個生病的孩子跟妳要錢，但那個孩子已經不認得妳，也不記得有妳的聲音的回憶。路易絲知道她們當中某些人會偷些微不足道的小東西，當作是向他人抽取幸福稅；某些人還會隱藏她們的真實姓名。因此，她們不曾怪過路易絲的謹慎保留。她們只是彼此提防而已。

廣場上，沒有人會多提自己的事，或只是暗示而不明說。沒有人想要淚水盈眶。光是雇主這個題材，就足以進行熱絡的會話。保母們取笑著雇主的癖好、習慣，以及生活方式。瓦法的雇主很吝嗇，艾芭的則是防備心超強。小居勒的媽媽有酒癮問題。她們抱怨大部分的父母很少與孩子見面，總是不斷地妥協，結果就是任孩子擺布。羅撒麗亞點起菸，一根接著一根地抽。這個來自菲律賓的女孩有著深棕色的皮膚。「上次在路上，我雇主突然出現在我面前。我知道她一直在監視我。」

當孩子在砂礫上奔跑，在市政府剛滅過鼠的沙池裡鑿挖的同時，一群女人讓這座廣場既是工作召聘所，又是工會；既是申訴中心，又是廣告中心。在這裡，有人相互介紹工作機會，有人述說勞資糾紛。女人來這裡向莉娣抱怨、告狀，因為莉娣自稱是這裡的主席。這名年約五十歲的象牙海岸女人，身材高大，穿著假毛皮大衣，會以紅色眉筆描繪兩道細眉。

晚上六點，一群群年輕人占滿了廣場。她們認識他們。他們是從北方車站敦克爾克路來的，每次都會把破菸斗丟在遊戲區裡，在花壇尿尿，還會尋釁。當所有保母看見他們來到了廣場，便會連忙拿起隨處擺放的外套與沾滿沙的挖土機玩具，將包包或手提袋掛上嬰兒車離開。

這一行人穿過了廣場柵欄之後，各自分開：有的人往蒙馬特或是聖母羅雷托的方向走；有的人，像是路易絲與莉娣，則是往格蘭大道走。她們並肩走在一起。路易絲牽著蜜拉與亞當。莉娣弓著背推著嬰兒車。當人行道變得太窄，她便讓莉娣推著新生兒走在她之前。

莉娣告訴路易絲：「昨天，有個年輕孕婦到廣場去。她的雙胞胎八月就要出生了。」

她們都知道某些媽媽——最考慮周全、最認真的那些媽媽，會到廣場挑選保母，就像從前到碼頭或是巷弄深處去找女僕或是搬運工一樣。那些媽媽在長椅之間流連徘徊，觀察保母的行為舉止。當小孩來到了保母的腿間，而保母或是動作粗魯地幫小孩擤鼻涕，或是安慰這個剛摔倒的小孩之時，她們便仔細端詳小孩的臉。有的時候，她們會開口問問題。她們會進行調查。

莉娣下了結論：「她住在殉道者路，八月底就要生了。她說要找保母，我就想到妳。」

路易絲那雙如洋娃娃的眼睛看向了莉娣。她聽見莉娣的聲音，也聽見她的聲音在她腦袋裡迴響，可是莉娣所說的話語不但無法字字分明，意義也無法自這團稠液中浮現。她低下身子，一邊抱起亞當，一邊從腋下抓住蜜拉。莉娣提高了音量。只見她強調著什麼，或許是以為路易絲忙著小孩而分了神，沒聽到她說的話。

「妳覺得怎樣？我給她妳的電話好嗎？」

路易絲不答。她跑了起來，並且裝作什麼都聽不見地大動作前進。她切過莉娣的路，在逃跑的同時，猛力推了嬰兒車一把。嬰兒車翻了過去，小娃娃嚇醒了，開始大聲哭叫。

「妳是有病嗎？」保母大叫著。她採買的所有物品全倒進了排水溝裡。然而，路易絲已經跑遠了。路上行人聚集在這個象牙海岸女人身旁：有人撿起了在人行道上滾動的小橘子；有人把浸溼的長棍麵包丟進垃圾桶。他們擔心寶寶的狀況。幸好寶寶沒事。

後來，莉娣向別人說了好幾次這件事，她信誓旦旦地說：「不是，那不是意外。她推倒了嬰兒車，而且還是故意的。」

39

想要有個小孩的念頭，在她的腦海裡不停地轉動。她心心念念的只有這個。這個她將會瘋狂地愛著的寶寶，能夠解決她的所有問題。這個寶寶一旦開始孕育，就能叫廣場上的那些惡毒女人閉嘴，也會使她的可怕房東退卻。這個寶寶將會保衛路易絲在她的王朝裡的地位。路易絲深信保羅與米麗安夫妻倆沒有足夠的時間相處，而且蜜拉與亞當阻礙了寶寶的到來。要是夫妻倆沒辦法像過去一樣，全都是這兩個孩子的錯。他們的任性耗盡了夫妻倆的精力；亞當的淺眠打斷了他們的纏綿。要是他們沒有不停地妨礙保羅與米麗安、不停地哼哼唧唧、不停地吵著要抱抱親親，這對夫妻便可以勇往直前地給路易絲生個孩子。她對這個寶寶的渴望如此痴迷如此瘋狂，亦如同著魔般地盲目。她幾乎從來不曾像想要這個寶寶一樣地想要某個東西，而且想要得痛苦，甚至到了敢於扼殺、焚燒、摧毀所有阻撓她滿足這個欲望的一切。

一晚，路易絲迫不及待地等著米麗安。當她一推開門，路易絲整個人幾乎朝她撲了過去，而且雙眼閃閃發亮。路易絲牽著蜜拉，神情緊張而專注。她似乎十分努力地自制著，不讓自己蹦蹦跳跳或是叫了出來。她等著這個時刻已經等了一整天了。她覺得計畫十分完美，此刻只要米麗安接受、不要抗拒、把自己交給保羅就夠了。

「我要帶兩個孩子去餐廳，這樣一來，您和您先生兩人就可以安安靜靜地吃晚餐了。」

米麗安把包包放在扶手椅上。路易絲的眼睛跟著她，接著整個人往米麗安靠近，而且靠得很近。米麗安都可以感覺到她呼出的熱氣了。路易絲令她無法思考。路易絲就像個以眼神問著「怎麼樣，怎麼樣？」的孩子，一身的急切、激動。

「啊，我不知道。沒有人事先跟我說耶。或許下一次吧！」米麗安脫下外套，開始往她的房間走，但是蜜拉拉住了她。這孩子——也是保母完美的同謀——登場了。她嗓音甜甜地哀求：

「媽咪，拜託，我們想跟路易絲去餐廳。」

米麗安拗不過她。她堅持由她出錢。話才說完，就立刻翻起了包包，不過路易絲阻止了她。

「拜託，今天晚上讓我請客。」

在貼著大腿的口袋裡，有一張鈔票。路易絲捏著這張鈔票，不時地以指尖搓揉。他們走路去餐廳。路易絲早已先找好了這家小餐廳。這家餐廳的主客是學生，以及三歐元廉價啤酒的愛好者。不過這一晚，餐廳裡頭幾乎空空蕩蕩的。中國老闆坐在櫃檯後面。霓虹燈光自他的頭頂上方直射而下。他穿著一件花樣刺眼的紅色襯衫，正與一個面對著啤酒坐著的女人聊天。那女人腳上的襪子翻捲在她肥厚的腳踝上。露天座上，兩個男人正抽著菸。

路易絲推蜜拉入內。餐廳內的空氣中，漂浮著一股混和冷菸草、燉菜、汗臭的氣味，令小女孩想吐。失望的蜜拉坐在椅子上，細細觀察著幾乎無人的空間。骯髒的置物架上，擺放著番茄醬與黃芥末醬。她沒想到會是這樣。她原本以為看到的會是漂亮的女士，聽見的是人聲嘈雜、音樂悠揚與戀人絮語，結果卻只能趴在油膩膩的桌上，盯著櫃檯上方的電視看。

路易絲讓亞當坐在她的膝頭上，說她不想吃東西。「我幫妳點，好嗎？」她沒給蜜拉時間回答，便逕自點了香腸與薯條。她解釋：「他們倆一起吃。」那個中國人沒多說什麼，直接從她的手中將菜單抽走。

路易絲則是給自己點了一杯酒。她小口小口慢慢地喝著。她親切地試著與蜜拉聊天，還拿出帶來的蠟筆與紙張放在桌上，可是蜜拉不想畫畫。她也不怎麼餓，所以只吃了幾口而已。亞當坐回了嬰兒車上。他握著拳頭揉眼睛。

路易絲望著玻璃窗，並且不時看著手錶、街道景物、老闆倚著的櫃檯。她也啃著指甲，泛起微笑，眼神開始迷茫，顯得心不在焉。她想要讓手裡有東西忙，想要將注意力集中在某個單一的想法，可是那個想法，卻只不過是玻璃的碎片，而她的靈魂裝滿了石頭。她將手掌合攏，在桌上抹了好幾次，像是要收拾看不見的碎屑，也像是要將這片冰冷的桌面磨亮。一些混亂且彼此毫無關連的畫面開始占據了她的心思；一個接一個的幻象閃過眼前，而且速度愈來愈快，同時將回憶與遺憾、從未實現的幻想與面孔連結。醫院庭院的塑膠氣味——那是有人帶她在那裡散步時所聞見的氣味。史蒂芬妮的笑聲——既響亮又壓抑，聽起來就像鬣狗。她想起被遺忘的孩童臉孔，指尖撫過髮絲所感受到的細緻，遺忘在包包裡已經變乾、但她還是吃了的蘋果派，她想起入口後那種猶如白堊土的味道。她聽見貝爾同・愛力札的聲音；他那會撒謊的聲音，交雜其他人的聲音：所有命令過她、給過她建議、對她下過指令的人的聲音；她還聽見那個女執達員溫柔的聲音——路易絲還記得她叫依莎貝拉。

她對蜜拉微笑，想要安慰她。她知道這個小女孩想哭。她懂得這種感受、這種壓在胸口的重量，以及這種不該在場的尷尬。她知道蜜拉正在忍耐，也知道她有自制力、中產階級的禮貌，還有超齡的體貼。路易絲點了另一杯酒。她在喝著的同時，觀察起了這個盯著電視螢幕看的小女孩。她清楚地感覺出，在她的孩童面具之下，是米麗安的線條；小女孩天真的動作中包含著萌芽中的女性神經質與女老闆的嚴厲。

那個中國人將空酒杯以及只吃一半的餐盤收走，接著將一張潦草寫下金額的方格紙放在桌上。路易絲不動。她等著時間過去，等著夜色更深。她想著保羅與米麗安正享受著寧靜、空蕩蕩的屋子，以及她留在桌上的晚餐。他們絕對是像孩子還沒出生之前，在廚房站著吃。保羅替他的妻子倒酒，接著喝光自己的杯子。他的手正在米麗安的肌膚上游移，然後兩人笑了。他們這些在愛情、慾望、大膽之中歡笑的人，就是這樣的。

路易絲終於站了起來。他們離開了餐廳。蜜拉鬆了一口氣，她的眼皮沉重，想要立刻躺在自己的床上。亞當在嬰兒車裡睡著了。路易絲替寶寶蓋好毯子。當夜幕降臨，蜷著身子躲藏著的冬季便重回人間，並且竄進衣服底下。

路易絲牽起了小女孩。她們就在一個孩童全都消失的巴黎之中，不停地走著。她們沿著格蘭大道，經過了戲院與客滿的咖啡廳，走在愈來愈暗與愈來愈窄的道路上，有的時候被帶進了會看見年輕人倚著垃圾桶抽大麻的小廣場。

這些路，蜜拉從沒走過。一道黃色光線照著人行道。這些房子、餐廳讓她有種離家遙遠的感覺。她眼神擔憂地抬頭看著路易絲。她等著聽見令她安心的話語。也或許這是個驚喜？可是路易絲只是一直、一直地往前走，她並不說話，只有偶爾的低語「妳要跟上嗎？」打破了她的沉默。小女孩在石板路上扭了腳。她的肚子因為焦慮而不舒服，但她相信，要是抱怨的話，反而會讓事情變得更糟。她感覺到使性子無濟於事。她們走到了蒙馬特路。蜜拉注意著在酒吧前抽菸的女人；那些女人穿著高跟鞋，叫嚷的聲音有點太吵，以致於老闆出來罵跑她們：「旁邊有鄰居，妳們不能稍微閉嘴嗎？」小女孩完全迷失了方向。她不知道自己是否還在同一座城市裡；是否能夠從這裡看見自己的家；是否她的爸媽知道她人在哪兒。

她們走上了一條熱鬧的馬路。路易絲倏地停下了腳步。她先是抬頭一望，接著將嬰兒車靠牆停著，而後問蜜拉：

「妳想要什麼口味的？」

櫃檯後方，一個男人帶著懶洋洋的神情等著小女孩決定。蜜拉個子太矮，看不見一個個冰盒。她踮起腳尖，緊張地回答：

「草莓。」

她一隻手握著路易絲的手，一隻手接過了冰淇淋，而後在夜色中，邊舔著冰淇淋邊往回頭的方向走。冰淇淋讓她頭痛得要命。她用力閉起眼睛，讓疼痛的感覺消失，並且試著把注意力集中在碎草莓的味道，以及卡在牙縫的草莓粒。在她空空的胃袋裡，冰淇淋正如大片雪花般紛紛落下。

她們搭公車回家。蜜拉問能不能把票塞進機器裡，就像每次她們一起搭公車那樣。不過路易絲堵住她的嘴。「不用操心。晚上坐車不需要票。」

當路易絲打開屋子大門，保羅正躺在客廳沙發上，閉著眼聽CD。蜜拉往爸爸跑去，跳進了他的懷裡，把臉埋進他的脖子。保羅假意罵她太晚回家，在餐廳玩一整晚，就像個青少女一樣。他對她們說，米麗安洗完澡後，早早去睡了。「她工作太累。我連她的臉都沒見到。」

一陣突如其來的憂鬱，令路易絲心情沉重了起來。這一切原來只是白忙一場。她覺得很冷，膝蓋也很痛，還花掉了最後一張鈔票，結果米麗安竟然沒等丈夫就睡了。

40

在孩子的身邊令人感到寂寞。他們不在乎我們的世界周遭；他們猜想出了其中的嚴酷、黑暗，但並不想知道得更多。路易絲和他們談，但他們別過了頭。她牽著他們的手，把身子蹲得與他們一樣高，可是他們已經望向別處，並且看見了什麼。他們找到了一個遊戲，而這個遊戲就作為了他們沒聽她說話的藉口。他們對不幸的人，並不會假裝同情。

她坐在蜜拉的身旁。這個小女孩蹲在一張椅子上畫畫。她有辦法對著成堆的麥克筆與畫紙，專心畫上幾乎一個小時。她專心著色，連最小的細節也都注意到了。路易絲喜歡在她旁邊坐下，看著色彩在紙上逐漸攤展。她默默地看著巨大的花朵在一間橘色屋子的花園之中綻放，還有一個個有著長手臂與瘦長身形線條的人物躺在草坪上。蜜拉的畫並不留白。雲朵、飛車、飽滿的氣球填滿了天空，如同密集的波紋。

路易絲問：「這是誰？」

「這個嗎？」蜜拉指著一個龐大、微笑著的人物。這個躺著的人物大小占了超過一半的畫紙。

「這是蜜拉。」

路易絲再也無法自陪伴孩子之中獲得任何安慰。蜜拉提醒她，她講的故事停滯不前。那些神話生物不再生氣勃勃、煥發神采。現在，她的人物忘了戰役的目的與意義，而她的故事只不過是斷斷續續而且混亂的漫長流浪、陷入貧困的公主、生病的火龍，以及孩子聽不懂的私語，讓他們極為不耐。「找點別的說啦！」蜜拉央求路易絲，可是路易絲陷進了她的字語之中，如同陷入流沙，哪能尋找？

路易絲笑容少了，玩飛行棋或枕頭大戰時，也不怎麼有精神。但她很愛這兩個孩子，也總是花許多時間觀察著他們。有時，她會因為他們為了尋求她的許可或協助所投來的眼光而哭泣。她尤其喜歡亞當轉過頭要她見證他的進步、他的喜悅，要她知道，他的一切舉動之中，有某種東西是要給她，而且只給她一人。她想要吸取他們的天真無邪、他們的歡喜，讓自己完全沉浸其中。當他們第一次看見某個東西、當他們理解了某個機械裝置的邏輯，而且希望無止境的重複，從未預想過疲乏會有到來的時候，她好想也能夠用他們的雙眼看著這一切。

路易絲讓電視開著一整天。她看悲慘可怕的報導、愚蠢的節目，還有她並不完全懂規則的遊戲節目。自從恐攻爆炸案發生之後，米麗安便不准她給小孩看電視。可是路易絲才不在乎。而蜜拉也知道不能把電視上看到的東西跟她爸媽說，甚至不能說這幾個字：「追捕」、「恐怖分子」、「殺死」。這孩子熱切而沉默地看著電視接連呈現的訊息，而當她不想看的時候，便會轉身找弟弟。他們一起玩耍，也會吵架。蜜拉推弟弟撞牆，而弟弟先是漲紅了臉，接著撲上前攻擊姊姊。

路易絲並沒有轉身看。她只是眼睛直盯著螢幕，身體一動也不動。這個保母拒絕去廣場。她不願意見到其他的保母，或是碰上那個鄰居老太太——路易絲曾經主動要幫忙她，卻遭到她的羞辱。孩子開始煩躁，在屋子裡走來走去。他們哀求路易絲，想要出去透透氣、與朋友一起玩，或是到街道的上坡路段買巧克力鬆餅。

小孩的叫聲令她發火，也令她想要尖叫。孩子煩人的吱吱喳喳、刺耳的聲音，他們不停發出的「為什麼？」、自私的欲望，令她非常不舒服。蜜拉的「明天什麼時候？」也問了不下數百次。路易絲沒辦法唱歌，除非他們求她再唱一次；他們對於所有的事情，像是故事、遊戲、鬼臉，總是不停地要求重複個沒完沒了，路易絲真的受夠了。她對於哭泣、耍脾氣、歇斯底里的歡笑已經失去了包容力。有的時候，她甚至會想要用手指圈住亞當的脖子，用力地搖晃他的身體，直到將他搖昏。她用力搖頭，把這個念頭驅逐出腦海。雖然她可以不再去想，然而一陣陰暗黏糊的潮水卻將她完全淹沒。

「得要有人死。得要有人死，我們才能獲得幸福。」

當路易絲走路的時候，這些病態的疊句便哄著她。一些不是由她所想出，而她也不確定是否明白的句子，占據了她的心思。她的心變得硬冷。歲月為她的心臟覆上一層冰冷的厚皮，於是，她幾乎聽不見心臟的跳動。再也沒有什麼能夠使她感動了。她得承認自己再也不懂得愛。她已經將心臟裡所含有的愛汲取殆盡。她的手再也找不到什麼可以輕撫、觸摸了。

她聽見自己的心裡想著：「我將會因此而受懲罰。我將會因為不懂得愛而受懲罰。」

41

有幾張關於那個下午的照片。雖然沒有洗出來，卻存在於某處的某個機器深處。照片裡，兩個孩子尤其顯眼。亞當半裸著身體，躺在草叢上。那對藍色的大眼睛望向一旁，看似出神，也幾乎顯出了與童年不符的憂鬱。照片中的蜜拉在兩旁種滿樹木的林蔭大道上奔跑。她穿著一件繪有蝴蝶的白色洋裝，光著腳。另一張照片是保羅抱著蜜拉，同時讓亞當坐在他的肩膀上。米麗安在相機後方。是她抓住了這個片刻。她丈夫的臉孔模糊，小男孩的一隻腳遮住了他的笑容。米麗安也在笑。她當時並沒有想到要叫他們別動，還有暫時別笑。「拜託，讓我可以好好拍照。」

可是她很珍惜這些照片；當她感到憂鬱的時刻，便會看著這幾百張照片。在地鐵、在兩場約會的中間空檔，有時甚至在晚餐聚會當中，她的手指會在孩子的照片上滑。她相信，留住這些片刻，掌握過往幸福的證據，是她身為母親的功課。在未來的某一天，她可以將那些照片給蜜拉與亞當看。她會細數她的回憶，而照片將喚起那些舊有的感覺、細節，以及氛圍。有人總是告訴她，孩子只不過是稍縱即逝的幸福，短暫的幻想，還有不耐，也是一種永恆的演變。一張張的圓臉會在不知不覺當中沾染了嚴肅。於是，每次只要一有機會，她便會隔著智慧型手機螢幕看她的孩子——她心目中這世上最美的風景。

保羅的朋友托馬，邀請他們到他山上的家玩個一天。托馬為了作曲，以及照顧他那根深柢固的酒癮，於是選擇離群索居。托馬在他的園子裡養了小馬。那些外觀看起來挺夢幻的小馬，有著像美國女明星的金色鬃毛，還有四隻小短腿。一條小溪穿越了連保羅都不知道邊界位於何處的偌大庭園。孩子在草叢上吃著午餐。他們的父母喝著紅酒。托馬後來在桌上擺了一箱紙盒葡萄酒，直接就著開口吸個不停。「都自己人，不要喝得那麼客氣囉！」

托馬沒有小孩，因此保羅與米麗安也沒想過要拿保母、一家人的假期、教育等等事情煩他。在風和日麗的五月這一天，他們忘了心中的不安；他們的擔憂也顯現出了本質：原來只是日常的小煩惱，而且幾乎只能算是任性而已。他們的心中只剩未來、計畫與準備破繭而出的幸福。米麗安相信九月的時候，巴斯卡會向她提議成為合夥人，她因此將可以選擇她的案子，把不喜歡的工作交給實習生。保羅望著他的妻子與孩子。他告訴自己，最難的已經完結，而最好的尚未到來。

他們跑步、玩耍，度過了這美好的一天。孩子騎上小馬，餵牠們吃蘋果與紅蘿蔔。他們在托馬說是菜園，但從來沒長出任何蔬菜的地方拔除雜草。保羅拿起一把吉他，開始逗大家笑。當托馬開始唱歌，米麗安為他合音之時，其他人便閉上嘴，安靜不說話。孩子睜大了眼，看著這些變得一派正經的大人，用著他們不懂的語言唱歌。

當回家的時刻到來，兩個孩子開始哭喊。亞當躺在地上不想離開。累壞了的蜜拉在托馬的懷裡抽抽噎噎。兩個孩子才一坐上車便立刻睡著。米麗安與保羅誰也沒說話。他們看著夕陽籠罩下的油菜花田是那般美得令人震撼。落日淡黃褐色的光芒，讓休息站、工業區、灰色風力發電機沉浸在一股詩意之中。

一場車禍讓公路的交通塞住了。塞車總會讓保羅發狂，他於是下了交流道，改走國道回巴黎。他們開進陰暗的道路；沿路的中產階級醜陋房舍，全都關上了百葉窗。米麗安睡著了。一片片的樹葉，在街燈下閃閃發亮，就像成千顆黑色鑽石。米麗安時而睜眼，擔心保羅也睡著了。保羅要她放心，她便又重新閉眼入睡。

喇叭聲吵醒了她。她瞇著眼，整個人因為睡意與過量的紅酒而恍惚，沒有立刻認出車子是塞在哪條路上。「這裡是哪裡？」她問保羅。保羅沒回答，因為他也不知道，而且也正忙著了解是哪裡塞住了，為什麼大家的車子都沒辦法前進。米麗安轉過頭，要是她沒看見對面的人行道上，出現了路易絲熟悉的身影的話，一定會重新入睡。

「你看——」她伸手要保羅看。可是保羅的心思全在塞車這件事上。他研究著從中脫身，以及掉頭的可能性。他開進了一條十字路口，結果從四面而來的車子全都擠在上頭，動彈不得。摩托車自己開出一條路，行人的身體擦過了汽車引擎蓋。燈號在幾秒鐘之內由紅轉綠，但是沒有車輛能夠前進。

「看那裡，我覺得那是路易絲。」

米麗安稍稍拉直座椅，好看清楚十字路口另一邊那個正在走路的女性。她大可以搖下車窗叫她，可是她怕那會令自己顯得可笑。米麗安看見金色的頭髮、頸子上的髮髻，路易絲那難以模仿、既靈巧又顫顫巍巍的步伐。他們的保母似乎正緩緩地向前走，同時打量著這條商店街上的櫥窗。接著，她的身影自米麗安的眼前消失；來往的行人遮住了她的瘦小身軀，一群笑著揮舞手臂的人順勢將她帶走。隨後，她在人行道的另一側重新出現，就像一部以因灰暗而顯得不真實的巴黎為背景、色調泛白的老電影當中的畫面。路易絲身上那不變的小圓領衫、過長的裙子，令她顯得不合時宜，同時也像是錯弄歷史，結果置身於一個陌生的世界，因而註定永遠漂泊之人。

保羅猛按著喇叭，驚醒了睡著的孩子。他將手伸出窗外，看著車身後方，接著嘴裡咒罵著，全速開向另一條垂直的道路。米麗安想叫他別開那麼快，告訴他，他們並不趕時間，所以沒必要生氣。基於一種眷戀的心理，她端詳著站在街燈下不動的路易絲；一個蒼白的、近乎模糊的路易絲，在一道準備跨越的界線邊緣上等待著什麼，待越過那條界線之後，她便會消失不見。

米麗安用力沉進了座椅，重新看向前方，情緒激動得像是與一個回憶、一個舊識、一個年輕時的愛人相遇。她自問，如果真是路易絲的話，那麼她要去哪裡，又在這裡做什麼。要是可以，她很想繼續隔著車窗觀察她，看著她生活。在與習慣的場所距離遙遠之處的這條人行道上，無意中看見她，激起了她強烈的好奇心。她頭一回試著想像，就肉體上而言，路易絲沒有與他們在一起時，究竟是什麼樣子？

亞當聽見媽媽說了保母的名字，也望向窗外。

他手指著路易絲，叫著：「是我的保母耶。」彷彿不明白她為何能夠獨自在別處生活、能夠沒推著嬰兒車或是牽著一個小孩的手走路。

他開口問：「路易絲要去哪兒？」

「她要回家。」米麗安回答：「回她自己的家。」

42

妮娜・朵瓦爾隊長在史特拉斯堡大道的家裡，睜著眼躺在床上。在這個細雨霏霏的八月裡，巴黎正鬧著空城計，夜晚於是闃靜無聲。明天早上，七點半的時候——也是路易絲每天見到孩子的時刻——會有人拆下高村路那棟屋子的封條，進行現場模擬。妮娜已經通知了調查法官、檢察官、律師。「我來演那個保母。」沒有人敢反對。畢竟隊長比任何人都還了解這樁案件。當天，在接到羅絲・坎伯格的報案電話之後，第一個趕赴現場的人是她。那個音樂老師在電話裡大叫著：「是那個保母！她殺了孩子！」

那一天，警車停在那棟大樓前。一輛救護車才剛駛離現場，載著小女孩趕往最近的醫院。愛看熱鬧的人已經擠滿了整條街，救護車的刺耳鳴笛聲、救護人員的匆忙緊急、警察的蒼白神色，在在都令他們為之震撼。一些行人待在麵包店門口或是門廊底下，假裝等待。他們一直在原地站著，同時向人問問題。一名男子伸直手臂，對著大樓入口拍照。妮娜・朵瓦爾要他離開。

隊長在樓梯上與將媽媽撤出現場的救護人員擦肩而過。女嫌犯還在樓上，已經失去意識，手裡還抓著一把白色陶瓷小刀。妮娜下令：「讓她從後門離開。」

她進入了屋子，為每個人分派任務。她看著穿著白色連身工作服的鑑識人員幹活。在浴室裡，她拿下手套，對著浴缸彎下了身子。她先是將手指伸進混濁而冰冷的水中，畫著一道道線條，那一缸水開始晃蕩。一艘海盜船隨著波浪起伏。她沒辦法抽出手，某個東西吸引她將手往下探。她把手臂浸入水中，水深逐漸到了手肘，而後肩膀。這就是為什麼一名調查員會看見她蹲著，而且袖子都溼了。調查員請她離開浴室。他要準備進行勘測。

妮娜・朵瓦爾嘴巴貼著口述錄音機，在屋子裡四處走動。她描述著現場環境、鮮血與肥皂的氣味，打開的電視機聲響，以及螢幕上正播映的節目名稱。任何細節，無一遺漏：一件自打開的洗衣機艙門探出頭來的皺襯衫、堆滿碗盤的洗碗槽，還有丟在地上的孩童衣服。桌上有兩個粉紅色塑膠餐盤，盤中吃剩的午餐已經變得乾燥。有人拍下了火腿片與貝殼麵的照片。後來，當她更了解路易絲，以及有人告訴她關於這個有潔癖的保母的傳說之後，妮娜・朵瓦爾對於屋裡的凌亂感到了不可思議。

她派維迪耶中尉到北方車站接甫結束旅行的保羅。她想，維迪耶會知道該怎麼處理的。他經驗豐富，知道話該怎麼說，該如何安撫保羅。維迪耶到的時間比火車預定抵達的時間早了許多。

他坐在背風處，看著火車到站。他很想抽根菸。旅客紛紛下了火車，一群人跑了起來，想必是為了趕換車。中尉看著這一群滿頭大汗的旅客：穿著高跟鞋的女人將手提包夾在臂下，男人高喊：「讓開！」隨後，從倫敦開來的火車到站。維迪耶大可以在保羅搭乘的車廂月臺等他，不過他寧可站在月臺的另一端。他看著那個如今已經失去孩子的爸爸，戴著耳機，手上提著一個小包包，朝他走來。維迪耶並沒有立即迎上前去。他想要再多給保羅幾分鐘；在把他丟進無止境的黑夜之前，再多給他幾分鐘。

終於，警察向保羅秀出警徽，請保羅跟他走。保羅一開始以為這個警察找錯對象了。

一個星期又接著一個星期，朵瓦爾隊長追溯著事件發生的經過。儘管路易絲的沉默（她依然處於昏迷狀態）；儘管關於這個完美保母的種種證詞一致，朵瓦爾隊長對自己說，她絕對能夠在其中找出問題。在緊閉的門後，那個隱密且溫熱的童年世界裡頭究竟發生了什麼事，她發誓絕對要弄個明白。她請瓦法到巴黎司法警局，對她進行問話。這個年輕婦人一直哭個不停，連話都沒辦法說。女警失去了耐性。她告訴瓦法，她的處境、她的證件、她的工作合約、路易絲的承諾以及她的無知，她一點興趣也沒有。她只想要知道，事發的那一天，她是否見到了路易絲。瓦法說，那天早上，她到了馬塞家門口，按了門鈴，路易絲從半開的門後探出頭來。「她好像在隱瞞什麼的樣子。」可是阿爾豐斯已經跑了過去，從路易絲的雙腿間鑽進了屋子裡，與兩個還穿著睡衣的孩子一起坐在電視機前。「我試著說服她，跟她說，可以一起出去散散步。天氣那麼好，而且小孩子會無聊。」路易絲聽不進去。「她沒讓我進門。我叫阿爾豐斯出來。他很失望。然後我們就走了。」

可是路易絲並沒有待在屋子裡。羅絲・坎伯格對此很是肯定。她在睡午覺的一個小時之前，在樓房大廳遇見了這個保母。路易絲是從哪兒回來的？她去了哪裡？她在外頭待了多久時間？警方拿著路易絲的照片，在附近繞了一圈。他們詢問了所有人，還得讓那些騙子，以及編造故事打發時間的獨居者閉嘴。他們去了廣場、天堂咖啡廳；他們走在聖丹尼郊區街上，盤問了商家。隨後，他們找到了一段在超市拍下的監視影片。這段影片，隊長看了不下數百次。她認真地一再看著路易絲在商品區之間的冷靜步伐，直到反胃為止。她觀察著路易絲的手——她的那一雙小手——抓著一罐牛奶、一包餅乾，還有一瓶酒。在影片中，兩個孩子從一個商品區跑過另一個商品區，但是保母連看都沒看他們一眼。亞當弄掉了貨架上的商品，撞上一名推著推車的婦人的膝蓋。蜜拉則想辦法要拿到巧克力蛋，路易絲依然一副氣定神閒的模樣。她沒開口，也沒叫喚孩子過去，只是自顧自地走到了櫃檯。是那兩個孩子自己笑著過去找她。他們撲向她的雙腿間。亞當拉她的裙子，然而路易絲並沒有理他們，只是稍稍表示了不快——這是女警從她微微抿起的嘴脣，謹慎的眼神當中所揣想出的。女警對自己說，路易絲就像童話故事中，那些把親生骨肉拋棄在暗黑森林裡的雙面母親。

下午四點，羅絲．坎伯格關上了百葉窗。瓦法走到了廣場，在長椅上坐著。艾維結束了工作。也就是在這個時候，路易絲走向了浴室。明天，妮娜．朵瓦爾得重複同樣的動作：打開水龍頭、把手伸到水柱下測水溫，就像她在自己的兒子還小時，為他們所做的那樣。然後，她會說：「孩子們，來吧，來洗澡了。」

她得問保羅，亞當和蜜拉喜不喜歡水；他們平常脫衣服的時候會不會拖拖拉拉；他們在玩具堆中、玩水玩得開不開心。「有可能發生了爭執。」隊長解釋：「不知道您是否認為，他們對於在下午四點就洗澡這件事會感到不對勁，或者不如說是訝異？」有人給爸爸看凶器的照片。那是一把極其普通的刀子，不過因為體積很小，所以路易絲一定是把刀子的一部分藏在手心裡。妮娜問他認不認得那把刀子，那是他們家的還是路易絲買的；是否路易絲早有預謀？她說：「您慢慢想。」可是保羅並不需要花時間想。這把刀，是托馬從日本買給他們的禮物。那是一把陶瓷刀，刀鋒非常銳利，只要稍微碰觸一下，就會割破手指。當時米麗安用一歐元當作破除厄運，向托馬換來這把壽司刀。「可是我們從來沒用過這把刀。米麗安把刀子收在壁櫥的上層。她不想讓孩子拿得到。」

經過二個月日以繼夜的調查；二個月追查這個保母的過去，妮娜開始相信她對路易絲的認識，比誰都還來得深。她傳喚了貝爾同．愛力札。這個男人在司法警局三十六號辦公室的椅子上發著抖。一顆顆汗珠滑過了他臉上的雀斑。這個害怕鮮血與意外的男人，在警察搜索路易絲的套房之時，一直站在走道上。抽屜是空的，玻璃全都乾乾淨淨。他們什麼也沒找著——除了一張史蒂芬妮的舊照片，以及幾封未拆的信件。

妮娜．朵瓦爾將手伸進路易絲腐敗的靈魂之中。她想要知道這個女人的所有一切。她以為自己能夠用拳頭打破那道路易絲深陷其中、無法脫身的沉默之牆。她詰問路維爾一家、法蘭克先生、貝罕太太，還有路易絲曾經因為情緒障礙而入院的「亨利蒙多醫院」的醫生。她花了一個又一個小時讀著那本花卉封面筆記本；夜裡，她夢見了那些扭曲的字體，以及路易絲秉著孤單孩童的認真所記下的陌生姓名。她去見路易絲住在波比尼時的鄰居。她詢問廣場上的保母。然而，似乎沒有人了解路易絲。「就是互道早安、晚安，這樣而已。」沒有什麼好報告的。

隊長看著嫌犯在白色的病床上睡著。她請護理師離開病房，因為她想要和這個老去的洋娃娃獨處。這個睡著的洋娃娃，脖子和雙手上厚厚的白色繃帶，是她的珠寶首飾。在日光燈底下，隊長注視著她的蒼白眼皮、太陽穴附近的灰色髮根、耳垂底下微弱跳動的脈搏，她試著從這張虛弱的臉孔，這張皮膚乾燥、皺紋刻畫出一道道溝渠的臉孔，讀出些什麼來。隊長並沒有伸手碰觸這個靜止不動的身體。她只是坐著，如同對裝睡的孩子說話般地對路易絲講話。她對路易絲說：「我知道妳聽得見我說話。」

妮娜．朵瓦爾自己體驗過：再現這回事，有的時候，能夠揭發事實，就如同那些巫毒儀式，鬼魂的附身使得事實自痛苦中浮現，而過去也有了全新、不同的闡述。一旦開始進行，魔法一發揮效用，某個細節可能就此出現，某個矛盾可能終於變得合理。明天，她會進入高村路上的那棟樓房。樓房前還放著的幾束花已經枯萎，孩童的畫作也褪了色。她會繞過蠟燭，搭電梯上去那間自從五月的那一天起就不曾有過改變的屋子；這間沒有人來找過東西或甚至取走證件的屋子，將會是這場可悲戲劇的場景，而妮娜．朵瓦爾將會鄭重地宣告開場。

她會在那裡，任自己被一陣噁心的浪潮吞沒，任自己陷入對所有一切的嫌惡之中：這間屋子，這臺洗衣機，這個一直不乾淨的洗碗槽，還有這些從箱子裡逃出，寶劍指向天、垂下耳朵、死在桌上的玩具。她會是路易絲；將手指塞進耳朵，讓尖叫與哭泣停止的路易絲。她會是來回走著的路易絲：從房間走到廚房、從浴室走到廚房、從垃圾桶到烘衣機、從睡床到玄關壁櫥、從陽臺到浴室；她會是走回來後，接著又重新開始走動的路易絲。她會是低下身子，踮起腳尖走路的路易絲。她是從壁櫥拿出刀子的路易絲。她是路易絲，喝著紅酒，面對打開的落地窗，一腳踩上小陽臺，說：「孩子們，來吧，來洗澡了。」

推薦專文

悲傷的大調

蔣亞妮／作家

「因為，所有的人都有地方可去。」

——《罪與罰》，杜斯妥也夫斯基

《溫柔之歌》的作者蕾拉・司利馬尼（Leïla Slimani），在這本小說的前頭引用了這段話（另一段則是魯德亞德・吉卜林的《山中故事》）。引用，作為一種書中信、作為一種平行對仗，除了很好地側寫了一切動機，作者與角色的動機外，更能由一個寫作者引用、提及與轉化的另一個寫作者與故事，看出他對文學、對筆下故事的態度。司利馬尼在受訪時，也經常提及另一位她喜愛的作家是契訶夫，因為他的沉靜，也因為他從不評斷筆下的人物。

司利馬尼最初的職業是記者，二〇一六年她以《溫柔之歌》獲得了法國最具指標性的文學獎項「龔固爾文學獎」，成為了歷史上的第12位女性得主、第2位摩洛哥裔的作家；而《溫柔之歌》不過是她的第二本書，她以契訶夫式，或者說以記者般的口吻，不涉入過多情緒、不加諸主觀態度的方式，講述了一個殘忍的故事。《溫柔之歌》取材自二〇一二年發生在美國的「保母殺嬰」真實案件，場景被司利馬尼拉到了當時的法國巴黎，發生在一個平凡的中產家庭——米麗安、保羅與他們的兩個孩子。新生兒的加入使他們成為了一個四口之家，卻也如同現代社會其他家庭一樣，曾經你以為理所當然的生活開始失衡，有一方得放棄工作。現代社會充滿看似選擇的陷阱，比如「放棄工作」也不只是單純的在家帶小孩，蕾拉．司利馬尼寫出了另一種景況，當米麗安得到重新回到職場的機會時，保羅的反應是先計算成本，即使妻子去工作，保母對他們來說依然太貴了：「加上加班費的話，給保母的費用和妳賺的薪水根本就差不多，不過，算了，要是妳覺得這樣妳會開心的話……」兩人最後決定，還是選擇雇用保母這個解決辦法。但是保羅說的那番話，讓她一想起來就覺得苦悶。她心裡有些埋怨保羅。

保羅說的卻是真話，階級一直存在，不論封建君主上了幾次斷頭臺、轉移大政幾百年，階級的循環永遠是大魚吃小魚；對米麗安來說，保母雖然是一種「奢侈品」，但為了能讓自己重回職場、重享心靈健康，她勉強也消費得起，於是這部小說的主角——路易絲來到了他們家中，一棟位於第十區的高雅公寓（雖然他們家是當中最小的一戶）。

路易絲確實拯救了這個岌岌可危的家庭，在她來之前，整個家中彌漫著不祥的氛圍，比如馬桶被他們的女兒蜜拉丟進東西爆開的屎尿味、比如米麗安走向失控的心，她開始透過竊取超市物品，緩解對生活的不滿：「她又去了不二價超市，在兒子的推車裡藏個一罐洗髮精、一瓶乳霜，或是一條自己根本不會抹的脣膏。她很清楚，要是被逮的話，只要扮演一個忙碌不堪的母親，人家就會相信她不是有意的。這些可笑的偷竊行為令她精神恍惚。她會在路上獨自笑著，以為耍弄了全世界。」儘管米麗安愛著她的小孩，儘管她總是不願意去想，但她的確有了這樣的念頭：「她的孩子會是她成就與自由的絆腳石——如同一個往海底拖行，在爛泥中拉住了一個溺水者的臉的錨。」還好，米麗安有了路易絲，因此她沒成為真正的慣竊，能在每晚下班回家後擁抱她香噴噴的兒女與被優雅打理的家。

身為保母中少見的白人金髮女性，路易絲當然也有她的故事。那些與債務、與死去的前夫、與離家的女兒有關的種種，都是她從波比尼搬到離巴黎再遠一些的克埃特爾的原因，若要說明路易絲一生的故事，最簡單的敘事，可以將作者引用杜斯妥也夫斯基《罪與罰》的段落倒寫：「因為，不是所有的人都有地方可去。」路易絲能將她工作的家庭收納乾淨、能自製薰衣草香包與花束，掛在衣櫥，薰香滿室，卻對她賃居的小公寓完全不加打理，她沒有改變過裡頭的任何擺飾，甚至後來也根本不在裡頭洗漱（都在米麗安與保羅的家完成）。悲劇往往開始於誤會，對位置與階級的誤判、對權力與所有物的誤讀，路易絲的職業——一個到宅保母，使她對這個家庭與自己的關係，更容易產生誤解，每當她是這個家中唯一的大人時，她開始會這麼想著：「整間安靜的公寓全落在她手中，就像一個求她開恩的敵人，任憑她處置。」

悲劇的倒數：

《溫柔之歌》是一場最初就定調的悲劇，開篇第一句話便已破題：「寶寶死了。」凶手當然是他們一開始視為救星的保母路易絲，對司利馬尼來說，這並不是一個推理偵察的故事，而是人物側寫，更是結案報告。

於是讀者循著故事，幾乎是步步驚心的回溯，曾經的米麗安與保羅一家有多麼歡樂，那被積壓的悲傷，就又疊加上更多殘忍。第一次讀《溫柔之歌》時，我尚未成為人母，面對開頭的「命案現場」，一動也不動的嬰孩身體……種種描述所帶來的壓迫，已得憋著呼吸讀完。幾年後重讀，我初成為母親，當我來到與米麗安一樣的位置，每讀一段，我都得暫停一下，有什麼描述能符合這樣的驚心？司利馬尼在書中也藉著米麗安之口，如貼膚之切的寫下：「自從他們出生後，她就變得什麼都怕，尤其是害怕他們死亡。儘管包括她的朋友或是保羅，她誰也沒提，可是她就是認為這樣的想法，大家同樣都有。她甚至相信他們就和她一樣，在看著孩子熟睡時，會突然問自己，要是這個身軀變成了屍體、這雙閉著的雙眼永遠不再打開的話，該怎麼辦才好。她無力克服恐懼，只能藉著搖頭、念經文、敲敲木頭或是母親過世後遺留給她的法蒂瑪之手，驅走不停在她腦海中上演的殘忍情節。」

害怕墜亡、害怕睡眠中的窒息、害怕嗆奶、害怕一切微小的傷害帶走如此脆弱的生命，然而這一切的害怕與小心，卻也敵不過對身為一個獨立個體、對成為自己的渴求。因此米麗安精心挑選了看似最安全可靠的保母，她愈是小心謹慎，愈顯得每一次的美好畫面，更像是路易絲將一切歸零的倒數。

「路易絲就在那裡，一個人獨力撐住這棟脆弱的建築。米麗安同意讓自己成為被母親照顧的孩子。每多過一天，她就多放掉一點自己的工作給那個心懷感激的路易絲。這位保母就如同舞臺劇中的那些黑色身影。他們在黑暗中搬動舞臺布置。他們抬起一張沙發，一手推開一根紙柱子、一面牆。路易絲低調而強力地在幕後忙碌著。」她總能溫柔隱身在他們出現的地方、總能做出一家滿意的料理，更超出他們的預期，加班、打掃、縫補衣物……一切的一切，更被路易絲細心的記在了她提供的育兒筆記本之中。

身為雇主的他們，因此更善待路易絲，帶上她一同去希臘家族旅行、教她游泳，甚至米麗安有時會與她在小孩睡後，喝上一杯紅酒，以致讀者與路易絲有時會忘記，那些好處其實並不出自喜愛與友情，更像是她的超時加班費，一切分界，依然井然有序的存在著。保羅與米麗安從未忘記他們與路易絲的階級，雖然他們總會儘可能「貼心」，比如將新衣服藏起來，待路易絲離開後才拆封、比如隨手買一塊路易絲喜愛的柳橙磅蛋糕……

當路易絲開始誤會，這樣一個小巧高雅的家裡（也多虧自己幫忙維持），會有一塊地方可以容納自己時，階級與階級間出現了震動，但別忘了，即使革命也未曾鬆動過的巨石，不過是友善地掉落了一些細碎沙屑，如同保羅一直清楚：「他們都需要路易絲，可是他已經受不了她了。她那娃娃般的體型、讓人想賞幾巴掌的面容，讓他看了又討厭又生氣。有一天，他向米麗安坦承：『她是如此完美、纖細，有的時候反而讓我覺得想吐。』她小女孩的輪廓、對小孩所有舉動的剖析方式，在在令他反感。他鄙視她那可悲的教育理論，以及老奶奶般的過時做法。他嘲笑她一天十次寄到他們手機裡的照片——照片上，兩個孩子微笑地拿起了吃乾淨的碗盤，而她會加上『我全吃光光了』的文字。」碎石掉在路易絲的腳邊，當她寶物般的揀起時，才發現如同過往她所帶過的孩子與待過的家庭一般，旁人總還是會在她需要一扇小門時，連窗一併關上。路易絲終於感覺到了：「保羅與米麗安關上每一道她想闖進的門。」可明明，她只有一個願望：「與他們共築世界，找到她的位置，而後住下來，築起一個巢、一個狗窩、一個溫暖的角落。有的時候，她感覺已經準備好要求自己應有的土地，但接著，衝勁減退，哀傷占據了她的心，她甚至會因為相信了什麼而感到羞恥。」羞恥揭開了誤會，悲劇注定要發生，司利馬尼以此完整了一個保母為何殺了她悉心呵護多年孩子們的動機。

與自身的不幸有關、與他人的幸福有關，更與不同位置的錯置息息相關。如同法國另一位重要作家安妮．艾諾（Annie Ernaux），她的《位置》以自己出身鄉野的背景為主題，告訴了我們在整個世界、在法國，階級所啟動的所有故事，往往都難以溫柔。

溫柔的歌？

那麼，這首《溫柔之歌》何以成調？司利馬尼的溫柔，大概是一種書寫方式。誰說悲傷的曲子總得以小調完成？司利馬尼冷靜自持的第三人稱敘事，避開傷害當下的迴避書寫，是她不將悲傷與殘忍進行到底的溫柔。

雖然溫柔，也是一種位置。

司利馬尼以最直白、明確的音階，明快如G大調般的手法，意圖講述她對社會、對女性育兒狀態的觀察和恐懼，如同她在初版書中收錄的問答裡，這樣說道：「我也曾經一度帶著貶意看待她們（家庭主婦），但隨即感到很羞愧。因為我忍不住想到那種帶著絕望的主婦身影。你可以試著去想像在她們生活中有個貧乏而絕望的空洞。那個我說不上來，無從做任何評斷，只想得到，若是我，我應該承受不了。」因此她的溫柔，也帶著一種透過想像才成立的殘忍。她所在的位置並不是《溫柔之歌》的路易絲，更靠近雇主米麗安。

因為不曾經歷，所以需要想像，這與司利馬尼自身的經歷也有些相同，她一直是有位置、有地方的人。二〇一六年，龔固爾獎頒發時，她與一眾男性評審坐在巴黎第二區「Drouant」餐廳的「龔固爾廳」時（多年來被選為評審與公布龔固爾獎的場地），在她得到該餐廳為獎項得主特地訂製的專屬餐具前、在《溫柔之歌》穿戴上專屬龔固爾得獎作品的紅色書腰前，她已憑藉第一本書《食人魔的花園》與《溫柔之歌》成為暢銷作家，成為深受國際注意的法國國民作家。

司利馬尼在其他的小說與隨筆等作品中，也曾坦承寫下自己階級的視角，比如第一本小說中的主角便是記者身分、比如她考察故鄉摩洛哥年輕人性生活的非虛構作品……她對位置、對階級、對暴力與性的精準描寫，或許因此讓她筆下的故事，很難流露出溫柔似水的抒情性。

但透過相對、再相對，如同她曾自問：「誰是現代的包法利夫人？誰又是現代的安娜．卡列妮娜？」她筆下的人物，一如她，都是已婚的婦女，這便是她所給予讀者「知」的溫柔。

大調相對小調、已知映照未知，司利馬尼她用殘忍，形塑溫柔。

推薦專文

致無處可去的她／他們

李欣倫／中央大學中文系副教授

想到保母，腦海不禁浮現好萊塢所形塑的保母形象：《推動搖籃的手》中那個為了復仇並預謀篡奪女主人位置的保母；《豪門保母日記》裡看盡女主人臉色、讓外人知曉豪門果真深似海的年輕保母，社會新聞也總上架新鮮的保母負面形象，透過其雇主的監視錄影，我們看到了失控的保母如何虐兒，或因疏失讓嬰幼兒致死。保母一方面為雙薪家庭所渴求——距離預產期尚有半年的時刻，眾女人根據過來人經驗所提供給產婦的建議包含：「開始要找個保母了」——一方面又因她與孩子親密的互動、和雇主間微妙的關係，因而提供了神祕驚悚的元素。

即便《溫柔之歌》以保母路易絲殺嬰童為起始，然而卻不同於現有以驚悚為基底的敘事框架——當然此書的震撼力道仍強勁十足——要說驚悚，此書不是以結局駭人，在蕾拉冷靜的剖析下，震驚的是終將導向慘劇的一個個看來微不足道的小事：容易被忽略的動作、言語、表情，彷若紛紛雪花無聲覆蓋在已備受折磨的心靈上，最終讓路易絲抽出櫃櫥深處的刀，堅定走向準備進浴室、泡水嬉戲的孩子。

蕾拉不僅聚焦於保母，更試圖從多元角度讓不同角色的痛苦、困境和欲求躍然紙上，個別的心變成了透明水晶球，用以清晰窺見富足或貧弱外表下，不為人知的種種心跡／心機，像是汲汲於追求夢想與自我實踐的夫妻米麗安與保羅，他們盤算著如何在職場叢林中用時間換取成就；又如保母／凶手路易絲，藉由敘事時間的游移，揭露了她堪憐的歷史：失能的家庭和婚姻，在大量的忽視、譏嘲、言語霸凌下苟延殘活，讀者被邀請進入其黑暗之心，了解表面上被視為完美而神祕的白種女人（而不僅是一個總推著嬰兒車的保母）的內在，趨探她深淵般的空虛寂寞與渴求接納，如同小說最末描述米麗安在車陣中瞥見並好奇路易絲「不是保母」的時刻，那個不斷向前的身影，讓我想到作者一開始引述杜斯妥也夫斯基的話：「您能了解當一個人已無處可去是什麼意思嗎？」

無處可去，可用以詮釋路易絲的窘迫和寂寞感，最後她不僅將被房東掃地出門，還有即將失去待在米麗安家裡的危機（孩子大了就不需要保母），相較於安居處和地位不保，作者特別讓她「有處可去」，安排她和雇主同遊希臘，但也只是更加強化了保母的想望和妄想。除了家，保母最常去的地方還有公園和廣場，兩者皆具象徵性，尤其白領階級於辦公大樓奔忙，白晝的公園廣場成為弱勢者、邊緣人的領地：「冬日午後，廣場小公園裡總有流氓、遊民、失業者、老人、病人、遊蕩者、靠不住的人，徘徊不去。這些都是不工作的人；不事生產的人；沒有賺錢的人。」被社會淘汰的族群卑微落魄地棲身於公園，被緊湊充實的行程表排擠在外的邊緣人及各國保母，平行活在異質的時空。我也喜歡書中另一處保母遛小孩的日常：

溜滑梯四周、沙池附近，印度語、阿拉伯語、迪尤拉語、巴烏萊語此起彼落，也有人用菲律賓語或是俄語說著溫柔的話。孩子們咿呀學語時，接觸了來自遙遠之地的語言，於是也學會了一點，而他們的父母總是興奮地要他們一說再說：「我跟你保證，他會說阿拉伯語，不然你聽聽看。」隨著時間流逝，那些孩子忘了那些語言，而保母的臉孔與聲音也逐漸消失於記憶之中，而後，家裡再也沒有人記得「媽媽」的林格拉語怎麼說，或是那位親切的保母所準備的異國菜餚名稱是什麼。

彷彿一個國界消失而地方語活絡的熱鬧市集，廣場成了眾保母的情報交換站，彼此訴苦、八卦，那些困擾的勞資糾紛被熱切討論，她們從大量瑣碎的家事勞動和管束孩子的緊繃中解放出來，不再是無差別化的簡約勞動力——即使有些雇主會跟蹤保母，又或者有些待產媽媽會在這裡物色保母——廣場此時不僅是孩子的天堂，也是保母們暫時的歡樂所，她們終於有處可去；不過相較之下仍也顯出路易絲的格格不入。

此外，如同上述引文，保母的附加價值還包括異國的語言教學，不禁令我想及曾在網路上看過點閱率高的影片：一個白皮膚藍眼睛的女娃以華語背誦唐詩，好似當代版的東方主義情調。藉由保母瓦法想像孩子阿爾豐斯的光明未來，作者領讀者看見這些未來的國家棟樑和菁英分子，皆曾被貧苦的生命所哺育，充滿競爭力的人生最初階段，其實由許多無處可去也無有歸屬的心靈所奶大，那些眾多不屬於度假和夢想的保母，面目模糊甚至沒有名字的保母，蕾拉給了她名字和血肉。

除了精鑿出保母面目，小說精采之處也在於人物間幾要失控、但仍維持某種微妙平衡的關係，包括保母與雇主夫妻之間的、保母與孩子之間的、親子之間甚至婆媳之間的，彼此的祕密結盟或尖銳對立，是敵是友都隨機無常。當然我們能從小說中多種身分與角色的互動中，歸納出長久以來普遍存在於階級、勞資、性別、親子間的對立和角力，但小說家高明、也正是小說精采之處，遂在於讀者無法將這複雜幽微的關係網絡簡化並填入以上種種詞條裡；至少我無法很有自信的判斷，由於米麗安和路易絲身處不同社會階級；或路易絲與雇主間鬆動而曖昧的勞資關係，又或是路易絲崩壞的家庭導致她對完整家庭的渴盼……我無法快速將悲劇歸因於階級、勞資、性別種種有形可見的關係。快速化約恐怕是當代人們面對許多社會事件的慣常反應，愈急著想找出「究竟悲劇是怎麼發生的？」「誰要為這血腥事件負責？」的同時，蕾拉愈是以極大的耐心、悠緩的口吻帶領讀者回到諸多可疑的「第一現場」——我指的不是血腥的第一現場，而是最終釀造事故的所有場景——那痛苦的源頭原來由那麼多你不經意的表情、動作、話語，出於缺乏愛、渴求認同的、無處可去而破碎如斯的心。

於是整件「保母殺嬰」便具有濃烈的普世性和象徵性，當作者不加批判的敘說事件始末，試圖從保母、雇主、親子、孩子（所照顧的孩子和自己的孩子）、先生的立場提供線索時，我看到這慢速、拼貼式的敘事策略，所要對抗的恐怕就是當下迅捷的、掐頭去尾的、去脈絡化的評斷——這存在於社群網站、占滿人們視網膜的片段化評論業已氾濫成災——無論是何種悲劇，又無論自身對事件有多少涉獵參與，眾人隨意就他接收到的有限資訊判斷、貼標籤、攻擊、控訴，彷彿目睹了一切。與其說小說論辯的是「究竟是誰殺了孩子」或「究竟是誰讓保母成了凶手」，我以為作者其實一再深入的恐怕是：旁觀他人的痛苦，究竟誰有權力說：「我知道這是誰的錯」？順著這個脈絡，所謂的「加害者」、「受害者」的位置相較來說便是浮動的，小說暗示了悲劇的源頭紛雜，加害／受害的分判難辨，即使是「目擊證人」恐怕都是有局限和瑕疵的，因此當我闔上這個驚心動魄的故事，轉身面對洶湧的資訊洪流——每天睜眼，打開手機就被可怖的輿論土石流強烈沖激，好多人有話要說，好多人張嘴評斷——我是否有可能、有機會或有本事像蕾拉這般，以超卓的理智和悲憫一一析理築成悲劇高牆的粉末和瓦片？

整棟大樓裡沒有人談論那件事，可是坎伯格太太知道大家心裡一定都想著那件事。她知道每到深夜時分，在每一層樓，會有眼睛在黑暗之中睜著；會有心臟激動地跳著；會有淚水一滴滴地滑落。她知道會有身軀輾轉反側，無法入眠。

事發過後，不僅警察女隊長多次重返現場模擬並揣測犯案動機和過程（好似於她身心上銘刻了難以抹滅的血痕），同棟大樓住戶甚至全巴黎的人們啊，如劫後餘生，從此帶著新鮮的隱形傷口活下來。如同他們，我們也在經歷了諸多震驚的隨機犯案、預謀殺人等事件後，任淚水滑落、心臟激烈跳動，悄悄改變了你我的目光和輪廓。於是，驚悚的不再只是結局，真正令人傷心的是在時光之河中，鑄成悲劇結局的細小碎片；那無意間就嵌入皮膚並嚙出血路的細小碎片，恐怕還在身邊醞釀且繼續壯大，而蕾拉，拾起幽靈碎片，像哄嬰孩時輕哼的搖籃曲，溫柔的悼祭這些無處可去也無以安頓的靈魂。（本文初登於《溫柔之歌》初版，經作者同意，收錄於二版。）

國家圖書館出版品預行編目

溫柔之歌 / 蕾拉 . 司利馬尼 (Leïla Slimani) 作 ; 黃琪雯譯 . -- 二版 . -- 新北市 : 木馬文化事業股份有限公司出版 : 遠足文化事業股份有限公司發行 , 2024.07
224 面 ; 14.8×21 公分 . -- (木馬文學 ; 120)
譯自 : Chanson douce.
ISBN 978-626-314-500-9(平裝)

876.57 112011689

木馬文學 120

溫柔之歌

CHANSON DOUCE

作者 蕾拉・司利馬尼 (Leïla Slimani)
譯者 黃琪雯
副社長 陳瀅如
總編輯 戴偉傑
責任編輯 丁維瑀（二版）
行銷總監 陳雅雯
行銷企畫 趙鴻祐
初版校對 許景理・黃琪雯
封面設計 LucAce workshop
排版 宸遠彩藝工作室

出版 木馬文化事業股份有限公司
發行 遠足文化事業股份有限公司（讀書共和國出版集團）
地址 231 新北市新店區民權路 108 之 4 號 8 樓
電話 (02) 2218-1417
傳真 (02) 8667-1891
E-mail service@bookrep.com.tw
郵撥帳號 19588272 木馬文化事業股份有限公司
客服專線 0800-221-029
法律顧問 華洋法律事務所 蘇文生 律師
印刷 前進彩藝有限公司

初版一刷 2017 年 11 月
二版一刷 2024 年 7 月
定價 360 元
ISBN 978-626-314-500-9
EISBN 9786263144989（EPUB）、9786263144972（PDF）

Cet ouvrage, publié dans le cadre du Programme d,Aide à la Publication《Hu Pinching》, bénéficie du soutien du Bureau Français de Taipei.
本書獲法國在台協會《胡品清出版補助計劃》支持出版。